JN150332
Cover Illustration by hastuko

藤吉シュウ
ユウトの数少ない親友。
ユウトとは男同士の友
情で結ばれている。意志
が強い反面、頑固なとこ
ろもある。
杉田ナツキ
ユウトとは小学校からのつ
きあい。子供好きで、世話好
きな女の子。
Illustration by hatsuko

橋立タイシ
ユウトの兄。完璧で潔癖
な超人。ユウトの憧れの
人物だったが……。
橋立ユウト
本作の主人公。半ば偶然の
きっかけで、人生リセットボ
タンを手に入れる。プライド
が高く、根拠の無い万能感を
持っている。

マキちゃん
人間の願い事をかなえる神様だが、ちょっとピントが狂っていて、たまにトンチンカンなことをする。
Illustration by hastuko

人生リセットボタン
Life Reset Button
原案:KEMU VOXX
著:木本雅彦
イラスト:hatsuko
挿絵:篁ふみ
PHP

CONTENTS

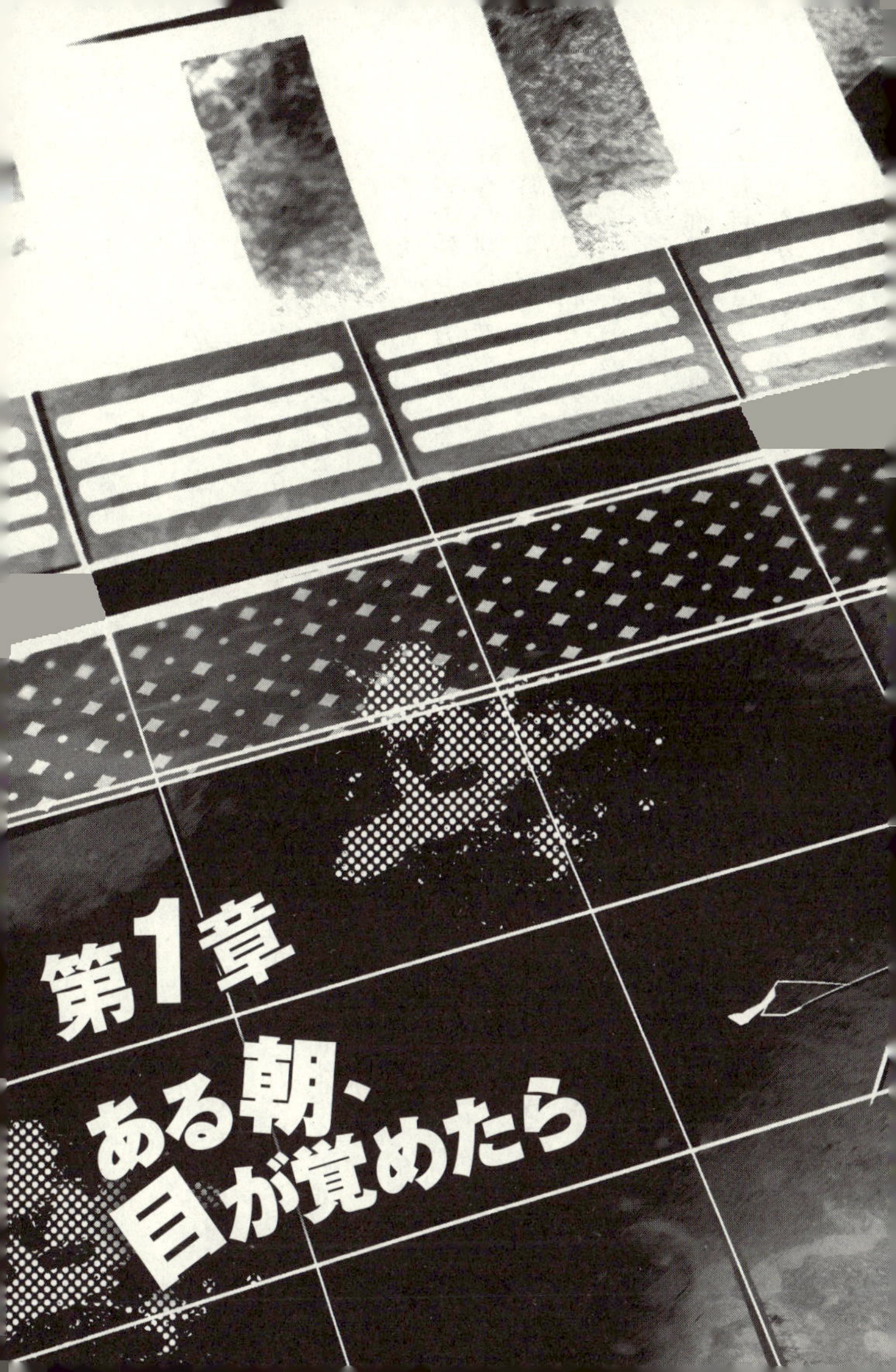

第1章 ある朝、目が覚めたら

僕はただ、完璧で、潔癖でありたいだけだったんだ。

——兄さんが、そうであったように。

金の斧ですか？　それともこの銀の斧ですか？　という、あまりにも有名な寓話だ。

斧を泉に落としたきこりの話を知っていると思う。あなたが落としたのは、この

答ももちろん有名で、「私の斧はみすぼらしい鉄の斧です」と答えれば、金の斧も銀の斧も両方もらえる。もしこういったシチュエーションに遭遇すれば、いまや誰もが同じ回答をするだろう。

答を知っていれば、誰だってうまい対応ができる。兄さんは、まるで全部の答をあらかじめ知っているみたいな人だった。兄さんが池の女神に遭遇したら、不敵に笑ってから当然のように言うだろう。

「俺の斧は鉄の斧だ。だが、金の斧も銀の斧も、俺にふさわしい」

女神はきっと、それを否定しない。こうして兄さんは三つの斧を手に入れる。鉄の斧は捨てるかと思いきや、

「これがないと仕事にならないだろう」

現実的な面も持ち合わせる。

兄さんは完璧で潔癖だった。先のことを見通せるかのように、正しい答を選択し、その正しさには筋が通っていた。

だから僕も、兄さんのようになりたかったし、なれるものだと思っていた。

兄さんは今どうしているのかって？

完璧な兄さんは、不敵に笑ってさらりと受験をくぐり抜けて、甲華大学に進学して家を出た。兄さんが入ったバイオフロンティア工学科というカタカナ混じりの学科が、何をするところなのかは知らない。母さんは「あの子のすることだから、間違いはないと思うけど」と言いながら、兄さんを送り出した。

「俺は完璧な世界を作りたい」と、兄さんは言っていた。

そんな兄さんに憧れる僕は、完璧で潔癖でありたい、普通の中学生だった。

いつも僕のすぐそばにいて、同時にはるか上のほうで輝いていた兄さんは、いまや僕から離れた街で暮らしている。目指す星が目の前から消えてなくなった僕は、糸の切れた凧（たこ）のように、不安定な空気の中を泳いでいる。

「目の上のたんこぶが消えたからって、調子に乗るなよ」

担任の先生に言われた、意地の悪い言葉を覚えている。担任が自分の家族にどういう思いを持っていたのかは分からない。言葉に含まれていたニュアンスから素直に推し測れば、きっと兄か姉がいてコンプレックスを抱えているのだと思う。

——先生のコンプレックス。

担任の言葉を思い出す時は、必ず兄さんの言葉もつられて思い出す。

「教師なんてのはさ、何かしらのコンプレックスを抱えているもんなんだよ。最大のコンプレックスは、大学を卒業したらそのままどこかの学校に教師として配属されてしまって、学校以外の世界を知らないってことさ」

この時の兄さんは高校生で、僕は中学に入ったばかりで、僕は先生のことをそんな風に言ってもいいのだろうかと少しどきりとしながら、兄さんが語るのを聞いていた。兄さんはいつものように、不敵に笑っていた。

やっぱり僕は、兄さんは何かを超越してしまっているんじゃないかという、尊敬の念を超えた感情を持っていた。兄さんが目の前から消えてしまった僕はと言えば、何かを超越することなんか到底できない、ただの普通の少年だった。

だけど僕はなぜか、完璧で潔癖になれると信じて疑っていなかった。

◆

授業参観日。

まさか中学にもなって、そんなイベントがあるなんて思ってもいなかった。

僕にとって、授業参観日は、どうということのない態度でやり過ごさなければならなかった。だって兄さんは、授業参観日なんかで落ち着かなくなったりしなかっただろうからだ。

だから僕は、そわそわする級友たちを横目に見ながら、自分も内心ではそれなりの緊張を抱えていたにも関わらず、そんなことをおくびにも出さずに余裕の態度で授業を受けていた。

「でさー、橋立(はしだて)のところは誰が来んの？」

「母さんだよ。他に誰がいんだよ」

「だよなー。誰か、綺麗なお姉さんが見に来るとかそういう奴いねーのかなぁ」

「お前、お姉ちゃんがいるじゃないか」

すると、その級友は憮然とした。

「綺麗なお姉さんって言ったんだよ。うちの姉貴は怪獣みたいなもんだろ」

そいつの姉は高校でバレーをやっていて、確かに筋肉の付き方は立派なものだが、何はともあれ巨乳だった。それだけでも、他の友人たちには羨(うらや)ましがられていたものだが。

「しっかし、中学二年にもなって、授業参観なんてなー」

「まったく」

うちの学校は少し変わったところがある。「保護者との積極的な対話を！　保護者による積極的な教育参画を！」などというスローガンを掲げていて、何かというと保護者参加のイベントが多い。授業参観もそういったイベントのひとつだった。

「橋立ー、こっち来いよ」

教室の窓際の隅で固まっていた集団が、僕を呼んだ。いつものように僕は彼らに返事をし、窓際へと移動した。

「これ飲んでみろよ、すげーまずいから」

何だかわけの分からない緑色をしたペットボトルを差し出された。

「やめろよ、橋立くんはこんなの興味ないだろ」

「いやいや、これに挑戦しないと男じゃないね。橋立先生なら、挑戦するね。俺は信じているね」

「何くち飲めるか賭けようぜ」

「勝った奴は何してもらえる？」

「お前の妹とデートってのはどうだ」

「ふざけんな」

僕は近くにいたクラスメイトを突いた。

「コンビニで新発売になってたまずいジュースに、色々混ぜたらもっとまずくなったんだってさ」

時折この手の、信じられないものを食べた自慢なんかがクラスをにぎわせる。

「さ！　橋立ユウトのかっこいい飲みっぷりを見てみたい！」

「飲まないよ。まずいって分かってるのに、何で飲むんだよ」

「勇気がないねえ、男なのに」

勇気がないってのは、たかが飲み物ひとつでひどい言いぐさだ。だけど、そこまで言われて引き下がるのも癪にさわる。

「飲めばいいんだろ」

僕は机の上に置いてあったペットボトルを握り、覚悟を決めて口を付けた。

最初の感覚は、冷たい、だった。飲めるじゃん、と思った。ひとくち口に含んで、喉の奥に送り込む。送り込んだ後の口の中は最悪だった。

苦いとか酸っぱいとか、そういうのを超越して、ひたすらにまずい。吐きそう。

「ユウト！　ユウト！」

周囲で手拍子が響く。僕はその音を聞きながら、二くち、三くちを喉に送り、そこで息を止めた。

「ユウト！　ユウト！」

「ユウト！　ユウト！」

手拍子が教室に広がる。皆が僕のことを見ている。世界一まずいレベルのジュースを飲んでしまえる男っぷりを見せてやれ。

ああ、馬鹿だなあ。そんなのに踊らされる必要ないじゃないか。たかがジュースに。

でも飲めなくて馬鹿にされるのは嫌だ。馬鹿にされるのが嫌で馬鹿なことをやっているのは分かっているけれど、ここで引き下がることもできない。

何より、今飲むのをやめたら、たぶん、ブチまけてしまう。

目をつぶって奥に、奥に、喉の奥に流し込んだ。

とうとうペットボトルは空になった。口から離すと、腐ったような臭いが胃の奥のほうから湧いてくる。

僕は息をついた。

ふいに、周囲の空気が冷めた。

「つまんねーの」

「泣くかと思ったのによー」

「やーめ、やめ、かいさーん」

級友のつまらなそうな声が重なる。その声を聞きながら、僕はペットボトルを窓の外に投げ捨てた。

そう――つまり僕は、クラスの人気者でも何でもない。クラスメイトが僕を呼ぶ時は、僕が反抗的な態度をとるのを面白がりたい時だけだ。そりゃ、皆が皆、そういう連中ではないことも知っている。僕のことをいじるのをやめようと言っている奴が、少数ながらもいることは知っている。だけど大多数にとって僕は、いじっても簡単に壊れないからいじりがいがあるという、おもちゃにすぎない。

おもちゃにすぎないんだ。

いじられ嘲笑され、それでも僕は怒ろうとはしない。怒ったら負けだと知っているからだ。泣くなんてなおさらだ。あいつらの思う壺。さらに笑われるだけ。

僕はそんな人間じゃない。

笑われようが、馬鹿にされようが、僕は完璧で潔癖であることを忘れない。

だから笑ってやる。

ふん、と、鼻から音を出し、僕は立ち去った。

午後の最初の授業、五時間目は問題なかった。

次の休み時間、授業参観のある六時間目の予習ノートを確認しておこうと思ってノートを広げたら、

「橋立、ノート貸してくれよ」

それを奪う手が伸びてきた。自力で予習すらできない奴が何を偉そうにと思ったけれど、まあ見せるだけならいいか。

と、その時、下腹部に違和感を感じる。トイレに行っておいたほうがいいかもしれないと思い、席を立とうとすると、

「ここ、何でこうなんの?」

僕のノートを奪った友人が、トイレに向かうのを阻止する。面倒なので、適当に教えてやっていると、休み時間は終わってしまった。しかもそいつはノートを手にして、

「借りるわ。わりいな」

と、自席に向かってしまった。

ほぼ同時に数学の教師が入ってきて、廊下で待っていた父兄も教室の後ろのドアから入ってくる。

母さんは学校行事に参加するのを楽しみにしていた。兄さんを見ていた母さんにとって、学校というのは子供が褒められる素敵な場所なのだろう。

いつもよりも仕立ての良い服を着た教師が、パンパンと手を叩く。

「ほうら、前を向きなさい。授業を始めます」

——10分後。

僕は地獄の苦しみに襲われていた。

腹が痛い。明らかに痛い。間違いなく痛い。

激痛だ。

昼休みのジュースのせいだ。休み時間の下腹部の違和感は、間違いじゃなかった。

腸があっちいったりこっちいったりするような感覚がする。かと思ったら、急にきりきりと内側に向かって収縮したりする。

腹筋だ、腹筋を使え。力を入れてもいけない、抜いてもいけない。ぎりぎりのバランスで、腸の動きをコントロールするんだ。

さもないと――漏れる！

つま先を立てて、太股を椅子から浮かせる。空気が通る。少し楽になる。力のバランス。気を抜くな集中しろ。

あ、駄目だ。

いや、駄目じゃない。我慢だ。

――違う、我慢とか考えてもいけない。自然体、自然体。

「次の問題を……橋立くん」

何故、このタイミングで、僕を指名するのか。

まあいい。予習ノートの内容をそのまま答えれば……あっノート、取られたまま
じゃん！
考えろ、考えろ。一度やった問題だ、冷静になって考えれば、この場でも解ける
はずだ。
考えろ、考え……余計なことを考えるな！　漏れる！
「どうしました、橋立くん。立ってください。そして、黒板の前に出て」
僕はゆっくりと立ち上がる。力を入れずに、力を抜かずに。
深く、細く、息をする。ゆっくりと、ゆっくりと。
僕の様子がおかしいことに、クラスの皆は気付いている。ざわついた気配を感じ
る。黒板の前まで歩いて振り返る。父兄の顔。不思議そうに見ている。
母さんと目が合った。僕の異常に気付いたのか、少しだけ不安な表情になってい
る気がする。
「分かりませんか？」
「分かりま……うっ」
セーフ。喋(しゃべ)らせないでくれ。
僕は黒板を向いて、チョークをつまみ上げる。ゆっくりだ。落ち着いて考えれば
いい。

式を書き始める。チョークと黒板がぶつかる乾いた音。少し楽になった気がする。

大丈夫、この調子だ。式を順番に解いて――あれ、ここどうするんだっけ。予習してあるはずなのに、一度は解いた問題なはずなのに、数式の展開の続きが思い出せない。この場で考えようとするけれど、どうしても意識が腹部に向かってしまう。慌てて「思い出す」という行為に集中する。

僕のチョークが止まる。

思い出せ、思い出せ、思い出せ、思い出せ。

思い……そうか！

次の行を書こうとした時、背後で音がした。

バサッ！

え？　と思わず振り向いた。誰かが教科書を床に落とした音だと気付いて、また黒板のほうを向こうとした。

お腹を捻ったのがまずかった。ぎゅっと絞るような痛みが、僕の腹部を突き上げる。

ああ、無理ッ！

もう無理だ!!

最後の力でこらえようとしたが……間に合わなかった。

下腹部の力が抜けていく。重くのしかかっていたものが、すっと消える感覚——

最高に気持ちいぃ。

数瞬おいて、尻から太股を伝わる生暖かくずっしりとした感触。——そして慣れ親しんだ臭い。

僕は動けない。やってしまった。

取り返しのつかないことをやってしまった。

教室に悲鳴が響いた。

◆

うぅっ、うぇっ、ぐっ、ぐぅぅぅぅっ……うぇぇっ……ぐぉう、ぐぉ、ぐぉうっ
……鼻水が涎が涙が……もう何が漏れているのか……うぅ……うぅぅ……うぇ……
うぇっ、うぅぇっ……あぁ……あぁっ……ごほっ！　ごほっ！……んっ……んんっ……ぬぅおん、ぬぅぅ……んっ……がぁっ……がっ……がぐっ……苦しい……
喉が……がっ……がぐごぐぐげがぎごぐげげごごがががごげぐぎがが
ががががががが……がが……がが……くふぅっ……くっ……くくっ……

もう駄目だ……生きていられない……うぅっ……うううぅっ……死のう……そうだ、死のう……ぎぎぎぎぎぎ……消えたい……死んで……死んでしまって……葬式で笑われて……うぅ……くそう……くそう……なくなればいい……全部なかったことになればいい……そんなこと……くそう……くそうくそうくそう……何が完璧だ……何が潔癖だ……ウンコまみれの僕の……どこが……どこが……くそう……く……くっ……ぐ……ぐぐっ……うぅ……うぅうっ……。

◆

藤吉シュウは、僕の数少ない友達だった。ただの級友ではなく、本当の意味での友達だった。

ぐちゃぐちゃになっている僕がトイレに行っている間に、教室の後始末をしてくれて、一緒に帰ってくれていた。

「気にするな」

「無理……」

「忘れろ」

「無理……」

僕の歩みは当然のように重く、それに合わせてシュウもゆっくりと歩いてくれている。

「お前なあ」

と、シュウは立ち止まる。

シュウは細身ながら全身に筋肉がみっちりと付いていて、まるで中国拳法の使い手のような体格をしている。運動はもちろん何でもこなす。勉強については、中の上くらいの位置を常にキープしていた。それに他のクラスメイトのように、周囲の雰囲気に流されたりしない。自分で決めたらそれを貫く。彼の心を動かすのは困難だ。良い意味で〝石〟のような奴なのだ。

シュウは男らしい。もっと簡潔に言うなら、
シュウは男だ。男の中の男だ。

それに比べて僕は……。

「過ぎたことは仕方がない。むしろ、お前がウジウジとしていると、恰好のいじりネタになるぞ」

「無理……」

「まったく」

シュウに言わせると、僕は「壊れそうで危うい」のだそうだ。そんなことを言う

人間は、シュウだけだ。僕は完璧で潔癖であるべく、常に一人で行動していたから、他の級友たちは僕はいじっても壊れない頑丈な人間だと思っていた。

シュウだけが、僕を壊れそうだと言った。

シュウとは中学に入ってからの付き合いだ。シュウはそんな僕に話しかけてきた。周囲が何を言おうが気にしなかった。最初、僕はシュウを疎ましく思っていたが、最後には敬意を抱いて、唯一弱みを見せられる友人と認識するようになった。


小学校が違う僕らは、一緒に帰れる道のりは長くない。

「家まで送るか？」

「いいよ……」

慰めてくれるのはありがたかったし、シュウの前でなら「無理だ無理だ」と言い続けていられるのは分かっていたけれど、完璧で潔癖でありたい僕は、それを続けていても何も得られないことも知っていた。

二人を分かつ、三叉路にさしかかる。

別れ際に、シュウが僕の尻をバンッと叩いた。それは僕には、汚いことなんかないと示してみせているように思えた。

「セクハラみてぇ……」

「ばーか」

僕らは別れ、それぞれの家に向かった。

◆

一人になったら寂寥感が襲ってきて、それはやがて絶望感に変わった。

さっきまで支えてくれていたシュウがいなくなったことで、僕の精神は急激に足場を失い、端からどんどん崩れて砂のように散っていった。

中学生なのにウンコを漏らすなんて。いや、中学生とか関係ない。人間が人前でウンコを漏らすなんて。

それは完璧で潔癖でなくてはならない僕にとって、主に潔癖方面が恐ろしく損なわれる重大事件だった。

明日からどう生きればいいんだ。

人生始めてたった14年で付いてしまった大きな汚点。いや、汚点などという生易しいものではない。それは焼印のように僕の人生に押され、一生消えることはないのだ。

ウンコマン。絶対に言われる。そしてそれはリセットなんてできない、中学を卒業して高校へ行っても、僕がウンコを漏らしたという情報はどこからか知れ渡り、初めて会った奴が僕のことを何の躊躇もなくウンコマンと呼ぶのだ。うわあああ！　誰だよお前、全然知らない奴なのに何で僕がウンコ漏らしたこと知ってんだよ！

辛うじて保っていた平静など今はもうどこかへ消え去り、動揺と混乱が僕の心を埋め尽くす。

どうしてこんなことに！　どうしてこんなことに！

どうして!!

僕は一生、……一生？　そう、一生だ。一生。死ぬまで。

ウンコを漏らした。教室で。皆の前で。父兄の前で。ウンコマン。

未来の分も含めた一生分の僕への嘲笑、同情、憐れみ、蔑みが、怒涛のように押し寄せてきた。こんなにたくさんの嘲りを、僕は死ぬまで浴び続けなければならないのか……。

消えてしまいたいっ……！

もしくはやり直したい。朝から。いや、学校に着いてから。いや、授業が始まるところからでもいい。今日のあの出来事、あの時間、あの記憶を、僕は自分の脳味噌ごと擦り潰して消し去ってしまいたい……！

――願うの？

声が聞こえた気がした。

それは幼い女の子のような声で、耳の傍で囁かれたように近く、まるで脳に直接話しかけられたような……。

――願うの？

また聞こえた。

確かに聞こえた。

誰かに問いかけられている。

どこにいるんだ？

僕は振り返ったり携帯電話を確認したり、意味もなく空を見上げたりして声の発信源を探しまわった。

――狭いね。

狭いって何が？

――ユウトの世界は半径2メートルくらいかな。その狭い円の中でもがき苦しんでる。小さい世界の中で、ユウトは何を願うの？　君の心の中にある、一番強い願い。それはなーんだ？

「誰だよ！」

僕は周りを見て、そこで初めて気が付いた。

世界から色が消えている。

明暗だけの、コントラストだけの空間が広がっていた。

僕は何度も目をこすったり瞬（まばた）きしたりしたけれど、視界はモノクロで、色がない。

「え？　何？　何これ？」

よく見れば自分には色が付いたままだ。僕の周りの風景だけが、白黒なのだ。

「何だよこれ！」

やがて目の前の光景に細かいひびのようなものが入った。ひびは次第に太くなっていって、いつも通る学校帰りの道が白黒のステンドグラスのように見えた。そのモザイクの一片一片が互い違いに浮いたり沈んだりして、僕の視界に奇妙な立体感を生み出す。

世界がぶっ壊れてしまったのか……？

違う。

ぶっ壊れたのは僕のほうだ。僕はウンコを漏らしたショックでアタマがどうにかなってしまったのだ。

モザイクの欠片（かけら）が一個、ぽろっと飛び出して、落下していった。

それを合図に、他の欠片も次々と重力に従ってその身を落とした。

足元のモザイクがどんどん歯が抜けるように崩れ落ち、立っているのもままならなくなった。

「うわっ！　うわっ！　うわっ！」

僕は必死に通学路の欠片にしがみつこうとした。でもその欠片は掴んでも掴んでも手から抜け落ち、ついには僕自身もふわりと宙に投げ出され、欠片とともにゆるゆると落ちていく。

このまま、落ちるのもいいかな――。

そう思った瞬間、欠片のひとつに腰掛けて、宙に浮いている女の子と目が合った。

「え？」

彼女には、色が付いていた。

黒いベストに白いシャツを着て、赤っぽいショートカットが男の子みたいに見える。

彼女はショートパンツから生えた長い脚をぶらぶらと、弾ませるように揺らした。

「わたし、マキちゃんだよ」

唐突にそう名乗って、何かを企んでいるみたいにいたずらっぽく、にっ、と笑った。

「マキちゃん？」

僕が呆気にとられていると、

「ではではっ、リプレイしてみましょーか！」

と言って手を叩く。

目の前に真っ白いスクリーンが現れた。

辺りが暗くなって、上映開始のブザーが鳴る。

数字が映し出され、5、4、3、2、1……スタート。

まるで古い映画のように、モノクロの映像が始まった。

それは今日の出来事、二度と思い出したくない映像が大写しになった。

「何なんだよどういうことだよ……」

スクリーンでは僕が黒板の前で歯を食いしばって便意に耐えている画が流れている。

「やめろよ！　もうやめろ！」

僕はどこにいるかも分からない映写技師に向かって叫んだ。

映像は、僕が体を捻って、今まさしく限界を迎えているところに差し掛かる。

「やめろ！　やめろって！」

僕は狂ったように手を振り回し、スクリーンを破ろうとした。しかし手応えはなく、映像は網膜に焼き付いたかのように、払っても払っても消えない。僕の影がスクリーンに映って無様なダンスを踊っていた。

とうとう映像の中の僕は無残に糞便を垂れ流し、弱々しく膝をついた。モノクロの映像が今にも匂ってきそうにリアルだった。

映像はそこで終わってくれた。このモノクロの世界と同じように、僕の心はグズグズに崩れているのに、これ以上見せられたらどうなってしまうか分からない。

「あーあ！」

マキちゃんの投げやりな声に、僕は我に返る。

見るとマキちゃんはつまらなそうに、さっきより一層大きく足をぶらぶらさせていた。

「ああ！　もう！　なんか！　がっかりだよぅー」

怒っているような、困っているような、それでいて蔑むような目つきでマキちゃんは僕を見た。

やめろ！　そんな目で僕を見るな！　今日僕は百何十個のそんな目で見られてきたばっかりなんだよ！　もうたくさんなんだ！　やめてくれ！　やめてくれええぇ

ええ！

「言いたいことはそれだけー？」

聞こえてたのか？

「あーあ、強い願いに惹きつけられて来てみればさー、ウンコだもんなー。君もなんでウンコごときでそんな強く願ったりするかなー」

ウンコごとき？

ウンコごときですと？

「……ちょっと待って聞き捨てならない。何だよそれ」

僕は食って掛かった。だって、今初めて会った女の子にそこまで言われて、黙っているわけにはいかないじゃないか。

「何なんだよ、ウンコ漏らしたくらいって。分かってる？ 教室でウンコ漏らすってことがどれほどプライドを崩壊させるか、分かるか？ プライドくらいじゃ済まないよ、自我が崩壊するよ？ しかも授業参観だよ？ 目撃者約2倍増しだよ？ そんな状況でウンコを漏らすっていうのは、人間の尊厳に関わる大問題だよ!? それを、ウンコごとき？ ウンコごときとは何事だ!?」

僕はいかにマキちゃんがウンコの何たるかを分かっていないかという話を滔々と語った。

マキちゃんは笑いを噛み殺しながら聞いていたが、そんなの構うものか、とにかく言っておかなければ気が済まない！

「……ま、何を願うかは人それぞれだからね。病気で一日でも長く生きたいと願う人もいれば、ウンコ漏らして死んでしまいたいと願う人もいるよ……」

マキちゃんは半笑いで言い、その後にこう続けた。

「わたしはね、ユウトの願いを叶えるために来たの」

何を言ってるんだろうかこの子は。

「僕の、願いだって……？」

僕の願い？　そんなこと分かりきってるさ。僕の願いは、兄さんみたいに完璧で潔癖であることだ。何だって？　願いを叶える？

今度は僕が半笑いになる番だった。

「マキちゃんは、神様か何かなのかな？」

言ってやった。半笑いで。

するとマキちゃんはあからさまに蔑みの目を向けてきた。

何だよ。またそんな目で僕を見るのか。

「あーあ。もしかして信じてない？　願ってないよね。ダメなんだよそんなんじゃー。さっきの強い願いみたいな、もっとこう、ハートを、ソウルを揺さぶるような強い願いが、わたしは見たいわけ。わたしは君の、強く願う力に惹かれて来たんだからね？」

強い願いって、何のことだろう？

そう思った僕の心を読んだかのように、マキちゃんは言葉を続ける。

「やり直したいって願ったでしょ？」

「やり直したい……？　そりゃあやり直したいよ。やり直したいに決まってんじゃん！　そんなことができるなら、僕は悪魔とだって取引するよ！　ウンコを漏らしたことをなかったことにしてくれるなら、僕の今日をリセットしてくれるなら、なんだって！」

僕は叫んだ。言葉の最後のほうは半泣きだった。

マキちゃんは満足げに頷いている。

「強く願って。ユウトが願えば、人生はやり直せちゃうんだから」

マキちゃんが右手を頭上にかざすと、空間からカードが次々に湧いてきた。どこにそんな仕掛けが？　っていうくらい何もない空間に亀裂が入って、カードが溢れ出してくる。それはトランプのようでもあり、タロットのようでもあり、片側に複雑な模様が、その反対側に何か図案というか、絵のようなものが描いてあって――。

　マキちゃんが右手を、すっ、と左から右へ振ると、カードが横一列に並んだ。マジシャンが操（あやつ）っているんじゃないかと思うほど自然な動きだ。

　カードは模様（もよう）の面が表になっていて、僕からは裏に何が書いてあるのかは見えない。

「これはユウトの人生なんだよ」

　マキちゃんは楽しそうに、今度は右から左へ手を振った。整列したカードが手の動きに煽（あお）られて一気に裏返っていく。

　カードには僕の生きてきた時間が描かれていた。

　生まれた時、初めて立った時、そして言葉を覚えて、兄さんの後をついて歩いて、幼なじみの女の子と学校へ通って、友達と遊んで……。僕の人生が、トランプの七並べのように横一列に並ぶ。

　マキちゃんはそのうちの1枚を抜き取り、光にかざした。モノクロの光が射し込み、カードの中が透き通って見える。それは小学校の時の思い出だった。

「覚えてる？」

　覚えてるよ。小学校一年の給食の時、僕はシチューに入ってたニンジンがどうしても食べられなくて、先生に怒られて、昼休みも教室に残されて、たった3つの欠片を口に運べずにべそをかいていた。そこへクラスメイトの杉田ナツキが颯爽（さっそう）と現れて、僕からスプーンを取り上げると欠片を掬って一瞬で平らげ、昼休みだよ、遊びに行こう、と手を差し出した。僕は完璧であるためにニンジンを残さず食べなければいけなかったけれど、ナツキはそんなことどうでもいい、といった感じで僕の手を引いた。お礼を言うべきものなのか、なんて言っていいのか迷って、この時は確かこう言った。

「ニンジン食べられるなんてすごいね」

もう少し気の利いたことを言えばよかったと思う。でもその時の僕には、選びに選んだ選りすぐりの言葉だった。

「ニンジン美味しいじゃん。甘いし」

ナツキはにっこり笑って言った。

僕らは昇降口で、1分1秒も惜しいみたいに慌ただしく靴を履き替えて、校庭へ飛び出した。クラスメイトの輪の中に入って、昼休みの終りを告げるチャイムが鳴るまで、夢中になって遊んだ。

それから僕はニンジンを食べられるように頑張った。食べられるようになれば、ナツキがまたにっこり笑って、褒めてくれるような気がしたから――。

僕は、僕の人生を、俯瞰で見ていた。カードは思い出の数だけあった。数えきれないほどのカードが並んだ中で、1枚1枚手にとって光に透かしてみると、まるでさっき起こった出来事のように思い出が鮮明に蘇る。

マキちゃんは僕の顔をのぞき込むようにして、

「願うの？　願わないの？」

と聞いた。彼女の大きな瞳に僕の姿が映る。

僕の願い、か。

僕はただ、兄さんみたいになりたかっただけなんだ。兄さんみたいに、完璧に――。

それは今日の出来事によって潰えた。

あんなことさえなければ。僕が選択を誤らなければ。

もう嫌だ、こんな人生。

やり直したい。

やり直したい！

「強い願い。見つけた」

マキちゃんが両手を、僕の心臓の辺りに当てた。その手がずぶずぶと僕の体の中に沈んでいき、まるで心臓を掴んだ手応えを確認するみたいにマキちゃんが「うん！」と頷くと、ゆっくりと引き抜いた。その掌の上には、ボタンが――。

「このボタンはね、ユウトの願いを叶えるよ。ユウトの思い出と引き換えに」

「思い出と引き換えって……忘れるってこと？」

「記憶できる量は決まっているからね。だから、過去と引き換えにしてでも欲しい未来があった時、このボタンを押すの。ユウトが強く願えば、それは叶うから」

マキちゃんはボタンを、僕の掌に置いた。

「ほら、人生はユウトの思い通りだよ！」

並んでいたカードが、ぶわっと舞った。僕の思い出が舞い上がって、降り注いだ。

カードの吹雪の中、マキちゃんは最後まで欠片に腰掛けたまま宙を漂い、ふわふわと揺れながら離れていく。マキちゃんはもう僕には興味を失ったみたいに、明後日のほうを向いて鼻歌を歌っていた。

モノクロの世界が白一色になった。

僕は意識が広く拡散するのを感じながら、眠りに落ちた。

◆

ジリリリリリリリリリッッッッ！

僕の目覚ましは電子式ではなく、金属のベルの音が鳴る。丸い時計で、上にふたつ、銀色のベルが付いている。

この目覚ましは、僕の心臓を叩き起こす。僕の脳髄(のうずい)を叩き起こす。

ベッドの上で、体を横に転がす。カーテンの隙間から青空が見える。

空はこんなにも青いのに僕の気持ちは鉛色に曇って、どん底まで落ちていく。

嫌な夢を見ていた。

変な女の子が現れて、昨日の忌(い)まわしい出来事をもう一度モノクロの映像で見せる。

僕はスクリーンの前でじたばたするしかできなくて、でも映画は流れ続けて。

あんな嫌なこと、思い出したくもないのにどうしてわざわざ夢に見てまで反芻(はんすう)しなきゃいけないんだ。

おかげで目覚めは最悪だった。

いつもは1秒でも長く留まっていたい布団の中が妙に居心地が悪くて、何度も何度も寝返りをうつ。

今日になってしまったか……。

教室でウンコを漏らすような僕にも、今日という日は平等に訪れるのだなぁ……。

まず考えなければいけないことは、どう理由をつけて学校を休むかだ。

もちろんウンコを漏らしたから休むに決まっているのだが、物事には建前(たてまえ)が必要。どうせ行けばウンコマン呼ばわりだし、まあ行かなくてもウンコマン呼ばわりは変わらないだろうけど、直接言われたり視界の隅でクスクスと笑われながら汚いものを見るような目を向けられるなんて、とても耐えられそうにない。

そう。

僕には耐えられない。

完璧であるはずの僕は、ウンコを漏らしたことで完璧ではなくなってしまった。それでは辻褄(つじつま)が合わないから、どちらかを消さなくてはならない。

ウンコを漏らしたという事実を消すか、ウンコを漏らした僕を消すか——。

そんなことを考えながら仰向けになって天井を見ていた。

あまりにも深く考え過ぎたのだろう、さっきからずっと天井と僕のあいだでふわふわ浮かんでいる小さな箱に、まったく気付いていなかった。

その六面体は、斜めになったり垂直になったりしながら回転をしている。

僕は箱を、飽かずに見つめてしまっていた。瞬(また)きすらも忘れていたかもしれない。

うーん。

目を閉じる。３カウント数えて、目を開く。

浮いている。

今度は10数えてみる。

まだ浮いて、回っている。

僕は思い出した。さっき見た夢が頭の中で現実として再構成されていく。あれは現実だ。モノクロに染まった世界で僕は、マキちゃんという女の子から確かにあのボタンをもらった。そうだ、やり直したいっていう僕の願いを叶えるってあの子は言った。人生は僕の思い通りだって言ったんだ。

——願うの？　願わないの？

マキちゃんは僕に問い掛けた。

とにかく僕はその問いに応えた。

願うよ！

やり直したい！

僕は鮮明に蘇った記憶を捕まえようとするかのように、空中に両手を伸ばして箱を掴もうとした。箱は指先が触れた瞬間に、床に落下した。反射的に受け止めようとして、僕はバランスを崩してベッドから転がり落ちる。

僕は床を這いずって箱を手に取った。

手の中に収まるくらいの小さな箱だ。プラスチックにしては質感が重厚だし、金属にしては軽い。

——願うの？　願わないの？

頭の中で、「問い掛け」が響いた。あなたは願い事がありますか？　ありませんか？

四角い箱を両の掌に収めて、その願いを思い出す。頭の中で願いの形がはっきりするにつれて、手の中が温かくなる。開いてみると、キューブは姿を変えていた。四角い形は少しだけ薄くなり、天の面に赤いボタンが出現している。おそらく——いや、間違いなく、ボタンだ。

このボタンを押すと——。

押すと？

あれ？

このボタンを押すとどうなるとかマキちゃんは言ってたっけ？　アレ？　使い方って、聞いたっけ？　確かあの時マキちゃんは、

——願いを叶えるよ。

そう言っていた。

願いって？　あの時、僕が願ったこと？

マキちゃん！

僕は心の中で彼女を呼んだ。まあ、朝だし、親に聞かれたら変に思われるだろうし……。

何の反応も感じられないので今度は小さく声に出してみる。

「マキちゃん……」

返事はない。シカトかよ。

「マキちゃん！」

なんだよ、こんなボタンだけ置いてって、肝心な時には呼んでも出てきてくれないの？　というか取説（とりせつ）は？　アフターサポートなし？

押してみようか……。

これは直感的なインターフェースってやつ？　何か小さくて丸いものが飛び出していると、それを押したくなるのが人間だ。統計はないけどたぶんそうだ。

もしくはこれは自爆スイッチで、僕が消えてしまうほうの願いを叶えてくれるはた迷惑な代物（しろもの）か。押したらサイレンが鳴り出してカウントダウンを始めたりとか？

マキちゃんは、強く願うの、と言っていた。そうすれば、

——人生はやり直せるよ。

本当だろうか。

人の強い思いは、ボタンひとつで簡単にどうにかなってしまうものなのだろう

か。

でも人間、本当にどうしようもなくなった時、人生がこんがらがってとっ散らかってもうどうにでもなりやがれってなった時、それをリセットしてやり直すボタンがないのは設計の欠陥だと思う。

これがもしそういうボタンなのだとしたら、僕は迷わず押すべきなのだ。既にどうにでもなりやがれと僕は思っているし、この先何が起こっても、今以上に落ちることなんてないと思うから……。

僕はボタンに指を乗せた。

——強く願うの。

願ってるよ。

——人生はユウトの思い通り。

そうありたいものだね。

——ユウトの思い出と引き換えに。

過去に囚われるなんて馬鹿げてる。僕は前を見て、前だけを見て生きていけばいい。

未来のために。

そう、完璧で潔癖な未来のために、僕はこのボタンを使うんだ。

押したらどうなるか？

そんなの、押してみれば分かる——ほら。

ブンッ！

ぶれた気がした。地震のような……むしろ、３Ｄ映像を眼鏡なしで見た時のような……。

続いて、大きな揺れが来た。確実に地震だ！

身を伏せる。視界が揺れる。安定しない。何を見ているのかすら、分からない。

本棚が倒れない場所はどこだろう。ベッドの上は安全？　顔を上げて気付いた違和感は、違和感と呼ぶには異常すぎた。

部屋は揺れている。それは事実なのだが、本棚が倒れる気配はない。ベッドがずれる様子もないし、机の上の物が飛び跳ねてもいない。部屋がそのまま水平に振動していて、僕だけがそこから取り残されている。

ぶぅん！　ぶぅん！

振幅は徐々に大きくなり、同時に僕は振り落とされた。

何に？　——時間と空間にだ！

そこにあったはずの部屋の土台は消え去り、僕は「現実」から放り出された。

めくるめく事象が光の粒になって僕から遠ざかり、ひとまわりして戻ってくる。

「さようなら」と「おかえり」を同時に言われた気分。不安と安堵。再び、不安。

僕はどこから来たのだろう。

僕はどこに向かうのだろう。

流れてくる。――流れ去る。

現実から遠ざかり、やがて訪れた別の現実に着地する。

影はまだない。足が着いていない証拠だ。まだ僕は、この現実の住人じゃない。

世界はいまだに揺れている。「確定」していないのだ。

そんな中で、頭上からマキちゃんの声がした。

――そのボタンは、人生をリセットするボタン。素敵でしょ？

え？

――さあ、無敵のニューゲームの始まりだよ。

僕が踏み出せば、世界は決まる。ニューゲームが始まる、新しい世界だ。

――そういうことか。

僕は心を決めた。

ふいに揺れが止まり、そして――。

◆

ジリリリリリリリリリッッッッ！

僕の目覚ましは電子式ではなく、金属のベルの音が鳴る。丸い時計で、上にふたつ、銀色のベルが付いている。

この目覚ましは、僕の心臓を叩き起こす。僕の脳髄（のうずい）を叩き起こす。

音と同時にビクッとなった僕の頭と体は、次の瞬間に強烈な目眩（めまい）に襲われた。寝ているのは分かっているのに、横なのか縦なのか判別のつかない時間が続き、波のように去る。

それと同時に冷静になり、冷静になると、徐々に違和感が込みあげてくる。

――そうだ。僕は、ボタンを押した。

ベッドを抜け出して、時計とカレンダーを見た。授業参観の日。

……戻った……のか？

いや、無意識のうちに時計とカレンダーを変えたのかもしれない。

僕は机のノートパソコンの電源を入れて、ネットのニュースサイトを見た。――

日付は間違っていなかった。

あの日の朝に戻ったんだ！

正直、実感はない。カレンダー以外は、いつもの朝と違いがなかった。

でも、確実に時間は戻っているようだ。

僕の願いを叶えるって、こういうことだったのか。マキちゃんは僕の思い出と引き換えとか言っていたけど、別に何かを忘れたりとか、頭がどうにかなった感じはまったくない。

何だ、簡単なことなんじゃないか。

着替えて朝食のためにキッチンに行くと、母さんが話しかけてきた。

「今日、行くからね」

母さんの言葉に生返事をしつつもやっぱり不信感は残っていた。ただ、もし周囲の人が全員僕を騙しているのだとしても、あの最悪の一日をやり直せるならと願うしかなかった。

学校に行っても、授業を受けても、半信半疑だったが、昼休み――。

「橋立ー、こっち来こいよ」

教室の窓際の隅で固まっていた集団が、僕を呼んだ。

ああ、これだ。これが元凶なんだ。

僕は彼らに返事をし、窓際へ向かった。

「これ飲んでみろよ、すげーまずいから」

「飲まない」

「いいから、飲んでみろよ」

「飲まない」

僕は友人が持っていたペットボトルを奪い取り、窓の外に投げ捨てた。外から先生らしき人が怒鳴る声が聞こえてきて、その場にいた全員は散り散りになった。

知るもんか。

これで最悪の参観日の元凶は取り去った。リセットボタンのおかげだ。

僕は自分の席に戻り、数学の予習を始めた。

「橋立、ノート貸してくれよ」

友人がノートを奪う。色々質問してくるので、面倒だと思いつつも、冷やかな声で教えてやる。

「借りるわ。わりいな」

そいつはノートを持って自席に行ってしまった。

昼休みが終わり、授業が始まってしまった。次の休み時間にノートを取り返そうとしたけれど、そいつはどこかに消えていた。こっそり机の中を調べてみたけれど、ノートはなかった。

そして授業参観。

数学の教師が入ってきて、廊下で待っていた父兄が教室に入ってくる。

「次の問題を……橋立くん」

ノートがない！

仕方がないから前に出てから考えようと思い、大事なことに気が付いた。

「そうか！」

「どうした、橋立」

先生が怪訝な顔をするのを無視し、僕はバッグからボタンを取り出す。

簡単なことじゃないか。リセットすればいい。

ちょっとミスしたら、やり直せばいいだけなんだ。

——昼休みに戻りたい！

僕は念じながら、リセットボタンを押した。


そして再び訪れる昼休み。

僕は机の中から数学のノートを引っ張りだし、それを抱えてトイレに駆け込んだ。

チャイムが鳴るまでとにかく耐える。ついでに予習もする。

チャイムと同時に教室に戻り、5時間目の授業をやりすごし、休み時間に再びトイレにこもる。

　チャイムが鳴るのを聞いて、教室に戻る。すでに数学の先生は来ていて、父兄も教室の後ろのほうに並んでいた。

「どうした橋立」

「すいません、トイレに行ってました」

「ノート持っててか。ちょうどいい、じゃあ最初の問題を橋立、やってみろ」

　僕はノートを広げ、黒板に回答を書いていく。予習してあるから、書き写すだけだ。

「できました」

「いいだろう、正解」

　クリア。

　マキちゃんが言うところのニューゲームを、僕はクリアした。

　そういうことか。失敗したらやり直せばいい。何度も何度もやり直して、成功したら続ければいい。無限の可能性の中から、サクセスストーリーだけを選んでいけばいい。兄さんと同じ、完璧な人生を目指すことができる。今の僕には、その資格があるんだ。

「人生リセットボタン」を手に入れた僕は、まるっきり無敵じゃないか。

◆

杉田ナツキは、ただ一人、僕が小学校からずっと一緒のクラスの女子だ。見方によっては、幼なじみってことになる。

小学校の頃は男女が一緒のグループで遊ぶことも多く、その中でも彼女は、僕にとって特別な存在だった。

中学に入ると、同じクラスにいながら、前より疎遠になった。女子は女子だけでグループを作ってしまい、僕の入る隙間なんかなくなった。

この頃から男子もクラスメイトの女子を異性として見るようになり、林間学校なんかでは誰が可愛いとか誰が胸が大きいとかいう話題にもなる。

「俺、杉田とかいいと思うんだけど」

クラスの誰かがそんなことを言っていた。

男子の人気は結構ある。学年で一番の美少女というほどではないけれど、僕から見れば、かなりいい線いっていると思う。さらに目立つ度合いに関しては、クラスでも二番手くらいだった。女子のリーダーの友達で、相談にも乗っていたみたいだ。

人生リセットボタンを手に入れてからの僕は、以前よりも余裕が出てきたかもしれない。当然のことだ。失敗してもやり直せばいい。不測の事態に遭遇しても、やり直して準備を整えてから臨めばいい。

他の人が失敗を繰り返すのを見て、自分も彼らと同じくらいの失敗を繰り返していたのだろうかと思うと、ぞっとする。今でも失敗はしているけれど、いつだってやり直せる。結果だけ見れば、僕は失敗をしない人間ってことになる。

そこが皆と僕の一番の違いだ。

例えば、英語の授業でプリントを持って憔悴しきって立っている、今の杉田ナツキ。

英語が得意な彼女にしては珍しく、リーディングがボロボロだった。確かに、いきなり渡されたプリントで、しかも新出の単語が山盛りだったから仕方がないとも言える。もう少し教科書の先まで予習しておけば、単語だけでも分かったものを。

たどたどしく英文を読み上げたあと、日本語へ訳せと言われて、さらにたどたどしくなっているナツキを見て、僕はため息をついた。

しょうがない。

杉田ナツキは特別だ。

誰にも見つからないように、バッグの中に手をつっ込み、手探りでボタンを探す。

――リセット。世界が揺れる。

僕は前日の夜に戻ってきた。

最初はナツキの家に電話をかけようかと思ったけれど、それでは大げさ過ぎると思いとどまった。ナツキのメールアドレスは、たしか携帯電話に入っていたはずだ。去年の林間学校の時に同じ班になって、登山をするのに遭難した時困るからと全員でアドレスを交換したんだっけ。

メールが無難だよな。

『橘立だけど、明日の英語の授業、難しいところが出る予感がするから、先のほうまで予習をしておいたほうがいいと思うよ』

と、あえて淡々とした内容のメールを送った。

返事はすぐに来た。ショートメールだった。

『何それ、どうしてそんなこと分かるの？　それより、どうして橘立が私のメアド知ってんの』

『去年の林間学校の時に、班の皆で交換したじゃん』

『あー、そうだっけ。遭難したらどうしようなんて話してたっけね』

『しなくてよかったな』

『そうそう。じゃないよ！　明日の英語の授業の話！　何？　何か職員室で言ってた？』

『先生が教科書じゃないテキストの話をしていた……ような気がする』

『そっかー。じゃあ本当なのかもね。……でも、どうして私にメールくれたの？』

『杉田が指されそうな気がした』

『どうして』

『指されそうな顔してるから』

『ひっどーい』

『うそだよ』

『橋立って面白い』

『そんなことないよ』

『面白いって、褒めているんだよ。もっとすました奴かと思ってた』

すました奴、ねえ。すましてはいるかもしれないな。

『否定できない』

『そういう言い方が面白いって。まあ、いいや、ありがとね。おやすみ』

『ああ』

おやすみとか言われちゃったよ。なんだ、あいつ。

……いや、ああいう奴だったような気がする。

杉田ナツキはクラスの中心にいることなんか鼻にもかけず、色々な男子と普通に話す奴だ。

とにかく、僕ができることはこの程度でしかない。自分以外に影響を与えるのは手間がかかる。

僕は携帯電話を閉じて、眠りについた。

翌日の英語の授業では、予定通りナツキが指名されて、ナツキは予習してあったのだろう、見事なリーディングと回答をしてみせた。ちょっと難しい発音の単語も、間違うことなく読んでみせた。

いきなり配られたプリントを見て驚いていたクラスの皆は、ナツキの見事な答えっぷりにも驚いていた。

僕を除いては。

昼休みになって、ナツキは僕のところにやって来た。

「本当に橋立の予言が当たったね」

「別に。予言じゃない」

「またまた、すました態度でー」

その日を境に、僕とナツキは、少しだけ距離の近い友達になった。


「否定できない」

二人で笑う。なんか、馬鹿馬鹿しいくらいに、ナツキと普通に話すことができた。


「橋立はさ」

ある日、ナツキが聞いた。小学校から一緒の僕らは、家が近いのでごくたまに帰りが一緒になることがある。

「高校はどうするの？」

「栗原東高校」

僕は迷うことなく答えた。普通なら到底受かることのない厳しい難関校だけれど、受かるまでリセットボタンを使ってトライすればいい話だ。

「すごいなあ。私は決めてない。先生からは、今の成績だと刈間高校くらいだって言われてはいるんだけど」

「それでもまあすごいじゃん？」

「その『まあ』っての、やめてよ」

「悪い」

「どうすればいいと思う？　高校選ぶなんて、難しいよね」

「そうだなあ……」

僕はしばらく考えるフリをして、何となく答えた。

「友達が行くからっていうのでもいいんじゃないかな。仲のいい友達と一緒に勉強するんなら楽しいと思うし」

「そうだね」

「あと、高校ごとに入試の傾向の違いとかがあるから、どうせなら今から同じ高校を目指す人と一緒に勉強した方がいいと思うけどな」

「あ、じゃあ私も栗原東を目指そうかな」

「え？」

「ん？」

僕は「仲のいい友達」と言ったはずだ。ということは、あれか？　ナツキの中では、僕は仲のいい特別な友達っていうポジションなのだろうか。

そうなのか？　本当なのか？

仲のいいって、どの程度なんだ？

一緒の高校に行きたいくらいのことは思っているってことで、もしかしてそこをきっかけにもっと親しくなりたいってことか？

僕の心臓が、急激に鼓動を速める。

どうしよう、どうしよう。こんな感覚、初めてだ。

リセット？　――いや、リセットしちゃ駄目だ。絶対に駄目だ。

このまま続けなきゃ。絶対にリセットしちゃ駄目だ。

僕らは黙って歩く。

ナツキの歩みは僕よりも遅く、僕は意識して自分のペースを変える。ザッ、ザッ、というアスファルトを蹴る音が、やたらと耳に入ってくる。人の気配を察知したのか、電線に止まっていた雀がいっせいに飛び立った。

口を開いたのはナツキだ。

「ねえ、一緒に勉強しない？」

「……いいよ」

「うん、ありがと」

残りの中学生活が、楽しくなりそうだと思った。

◆

実際、リセットボタンを使って過ごす中学生活は楽しいものだ。

手に入れてからしばらくは、時間をかけて僕はリセットボタンの性能について調べてみた。おおよそのことは分かったつもりでいる。

まず、これまでに100回近くリセットしているけれど、ボタンを押す回数はカウントされていないようだ。少なくとも体のどこかに数字が浮かび上がったり、ボタンの中でカウンタがカチャンと鳴る音がしたりということはない。たぶん思い出と引き換えっていうのが、唯一の僕が失うものだと思うけれど、今のところ何も忘れてないし、思い出せないこともない。もし影響があったとしてもそれは相当先のことなのだろう。まあ注意するに越したことはない……とは思いつつも、最近は慣れっこになって、躊躇なくリセットしてしまうんだけど。

ただ、やみくもにリセットすればいいっていうものじゃないことも分かった。リセットを繰り返す中で覚えた言葉で、「因果律（いんがりつ）」ってものがある。物事には原因があるという法則だ。リセットしても、その原因を変えないと、結局同じことが起こってしまう。

例えば、サッカー部員の蹴ったボールが僕にぶつかったことがあった。謝る様子のないサッカー部員にも腹が立ったけれど、避（よ）けられなかった僕も格好悪い。というわけで、リセットしてグラウンドの別の道を通ってみたけれど、やっぱりボールは飛んできた。結局、さらにさかのぼって、ボールを蹴ったサッカー部員に廊下で話しかけて、部活に遅刻させるところまでやって、ボールを回避した。正直面倒だけれど、因果律を回避するにはこういうことが必要みたいだった。

そしてリセットして飛ぶ先は、思い通りになることが分かった。

強く念じさえすればいい。人生のその地点に戻りたいと、強く願いながらボタンを押せば、その場所に戻れる。意識して願うのにはほんの少しの訓練が必要だったけれど、今ではどんな地点にも戻ることができる。

大胆にリセットを繰り返しながら、慎重な判断をすべきところはリセットせずキープする。

僕の目指す「完璧」への作戦だった。

◆

そんな僕にも、高校受験はやってくる。

僕とシュウはいつも一緒にいたので、ナツキの「勉強しない？」という要望に応えるには、三人一緒に受験勉強をすることが多くなっていた。

場所が問題になったが、シュウが「うちに集まれば」と言ってくれたので、それに甘えることにした。

「藤吉のご両親は？」

　ナツキの質問に、シュウははっきりと、そしてあっさりと言った。

「不仲でな。母は仕事だし、父も家に寄り付かない」

　あまりに何でもないことのように言ったので、僕もナツキも事の重大さに気付かなかったけれど、夕食時になっても誰も帰ってこない状況を見て、シュウに同情した。

「私、ご飯、作ろっかー？」

「いや、どこかに食べに行けばいいだろ」

「ううん、任せて」

　普段のシュウは自分で料理もしているらしく、ほどほどの材料が冷蔵庫に揃っていたので、ナツキはそれを使って手早く三人分の夕食を作った。

「慣れてるんだな」

「こう見えても家庭的だからね」

　そう言ってナツキは笑う。彼女は他人を放っておけないってことを、付き合いの長い僕は知っている。

　ナツキが作った料理を中心に三人でテーブルを囲み、三人で将来の話をした。どうしてそんな青臭い話の流れになったのかと、後から考えれば不思議なのだが、親の帰ってこないシュウの家に集まった僕らは、一種の運命共同体のような気持ちになっていたのかもしれない。

あるいは、未来共同体。それとも人生共同体かな？

僕は言った。

「僕には兄さんがいる。兄さんみたいに、完璧になりたいんだ」

「目標があるのは、いいことだと思う」

シュウは短い言葉で肯定してくれた。

「橋立のお兄さんって、そんなに完璧なの？」

「うん」

僕は即答した。迷うはずがない。

「完璧以上に、超越してるね。兄さんが間違ったのを、見たことがないよ」

「でも橋立だって、意外に何でも完璧にこなすよね」

それはそうだ。失敗しそうになったらリセットしているんだから。もちろん、そんなことをナツキに言ったりはしないけれど。

「そういう杉田は、何になりたいのさ」

「私はねぇ、保育士になりたい」

「保育士って、保育園の先生？」

「そう。だって子供好きだし、大きな会社で働くところなんか、想像つかないしね」

「杉田なら会社でも出世できそうだけどな。人望あるじゃん」

「そんなことないよー。小さな保育園で、子供の世話をするのが、将来の夢かなぁ」

ナツキが保育園で働いているところを想像してみる。小さな保育園で、ナツキが園長を補佐しながら切り盛りしているような光景が想像できた。

「たぶん、杉田なら、完璧な保育士になれるよ」

完璧な保育士というのは変な表現かと思ったけれど、僕はナツキも完璧を目指せる人間だと思っていた。

「そんなことないってー。でも、褒めてくれたのは、嬉しいかな」

ナツキは照れながらユウトの肩を叩いて笑った。

「なあ、勉強するなら、場所は持ち回りってのはどうだ？」

シュウが言い出したのを、ナツキが慌てて拒否した。

「え、それはヤダ。うちはパスね」

「何でだよ」

「ありえないって。女子の部屋なんか、普通来ようとしないって」

「そうかもしれないけどな」

もっともな意見なのでシュウは納得していたけれど、小学校からの付き合いがある僕は、本当のことを知っている。ナツキは特撮ヒーローが大好きで、変身グッズなんかを部屋に山のように積んでいるのだ。

中学生になった今でも、それはたぶん変わっていないのだろう。そんな部屋に、友達を——特に男子を招き入れる事はないだろうな。

僕らは夜遅くまで夢について語り合い、僕とナツキは家に帰るのが遅くなりすぎて、その日はたっぷりと叱られることになった。

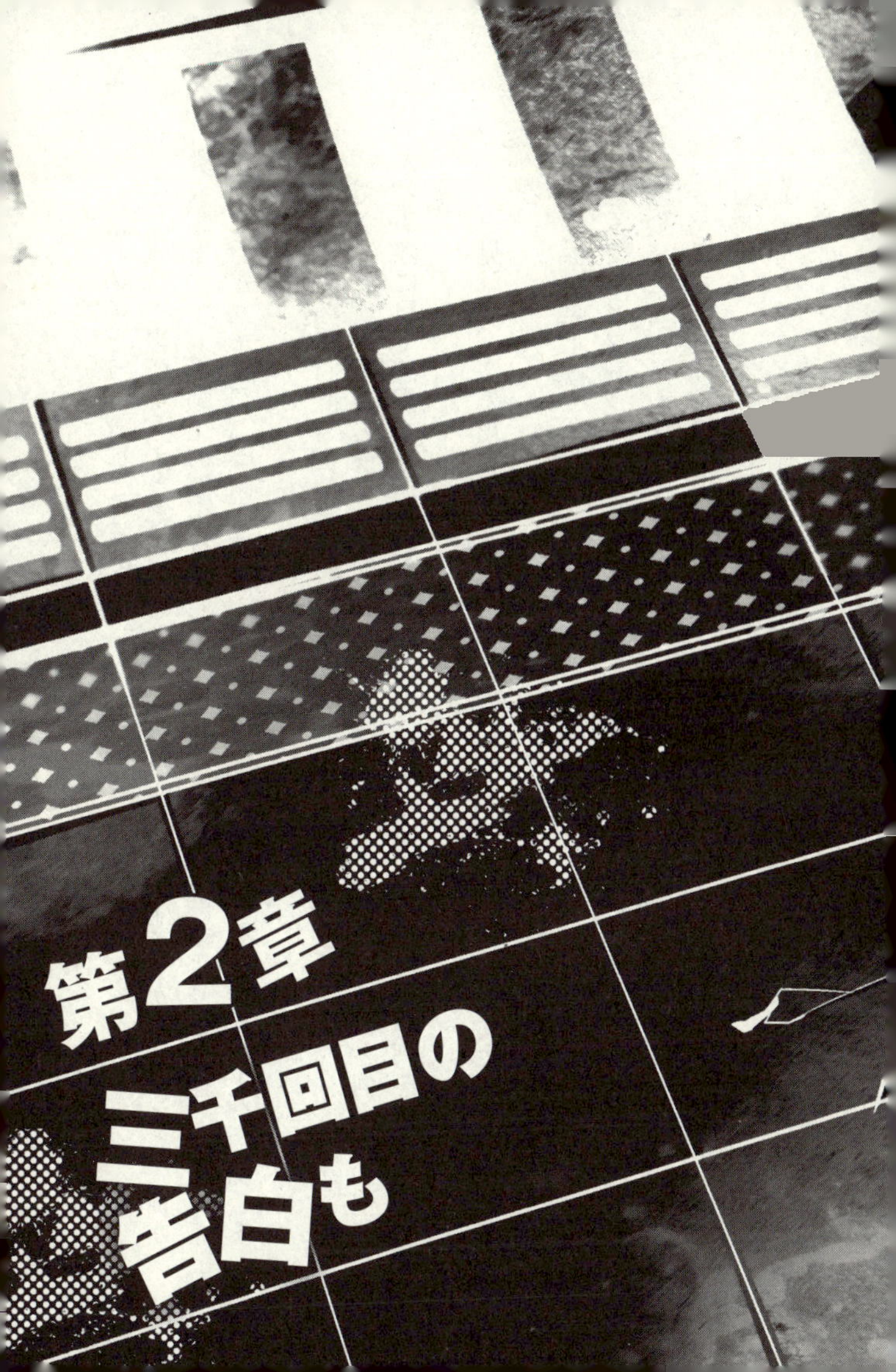

第2章 三千回目の告白も

「合格おめでとうございます！」

少し離れた場所で、大きな声がした。見れば、ラグビー部のがっしりした生徒が数人集まって、受験生の胴上げをしている。彼らを取り囲むように、揃いのトレーナーを着た女子部員（マネージャーだろうか？）が、両手を顔の前に上げて拍手を送っている。

僕が今いるのは、刈間高校の合格発表の会場だ。高校の合否なんて、ネットで確認できるし、そっちのほうが時間の点でも手間の点でも早い。だけど何人もの生徒が、実際に目で確認したいと思い、掲示板に貼り出される番号の羅列を見にやってくる。

上を見れば、梅の花が開き始め、まだ少し肌寒い3月上旬の空に色取りを添えている。

掲示板を見上げて、自分の受験番号を確認した。

近くでパンフレットを配っていた学生に近付いて、話しかける。

「すいません。それ……ください」

「合格者の方ですか？」

「はあ」

「おめでとうございます！　おーい、みんな、この人、合格だって！」

「いえ、あの……」

「おめでとうございまーす！」

そう、僕はナツキとシュウが受験したこの刈間高校を選んだ。

「この後、合格者の歓迎コンパがあるんですけど、来ませんかー？」

美人かどうかと聞かれれば確実に美人の女の人が、少し上半身を傾けて、僕の顔を下からのぞき込むようにして聞く。

行くか、行かないか。

選択肢が示される。

金の斧か、銀の斧か。

僕は結局普通の中学生で、だから目の前に示された選択肢のどちらかを選ぶことしかできない。こんな高校で満足しちゃ駄目だという脳内の声と同時に、どうせここに通うのだから、だったらせめて可能性を広げようなどという、もっともらしい声もする。

行くか、行かないか。

金の斧か、銀の斧か。

可能性は広がったほうが、たぶんいい。

僕は小さな声で返事をしていた。

「……行きます」

「はい! 1名ゲットでーす!」

　男子高校生が近付いてきて、僕を手招きする。言われるがままについていくと、刈間高校近くのファミレスに既に10人くらいが集まっていた。

まあまあ座ってと言われておとなしく座ると、目の前にオレンジジュースが出てくる。

「ドリンクバーだから。おごりだからね」

馴れ馴れしい男が僕の隣に座り、名前は何？　とか、中学どこ？　とか、楽しそうに聞いてくる。僕は適当に相づちを打ちながら、ジュースをちびちびと飲んだ。

斧に譬えると、ここにいる僕は何色の斧を持っているのだろう。

ちょっと目を上げて、他の席を見てみたら、明らかに中学生と分かる生徒が何人かいた。僕と同じように連れてこられた受験生——合格した4月からの新入生だろう。おどおどしているか、無理してアゲアゲの振りをしているか、何にしてもこの場にはまだ馴染(なじ)んでいないように見えた。

「違う。こんなの」

「ん？　何か言った？」

「いえ、何でもないっす」

そういえば、この先輩はそれほど体付きがしっかりしていない。

「部活って、普段は何をしているんすか」

「普段？　この時期だと、そうだなあ、ファミレスでお茶したりがメインかな」

「ラグビーは？」

「ラグビーって何さ。ああ、合格発表の時の奴らはうちとは別の部活だよ。うちはシーズンスポーツ部で、夏はテニスで冬はスキー」

僕は高校の部活は中学の部活の延長かと思っていたけれど、どうも想像以上に自由なものらしい。テニスとスキーとの合同部活動なんてのは聞いたことがなかった。

やっぱり高校ってのは違うものなんだな。

いや、僕もここの生徒になるんだけど。

1時間もそうやってウダウダとしていただろうか。

「あー、先輩ずるいですよぅ」

僕を誘った、美人かと言えば確実に美人の女の人が、大騒ぎをしながらファミレスに入ってきた。ちょっと跳ねた髪は、活発さを主張していて、それよりも大きな瞳に長いまつげの存在感が印象的だ。自分が人目をひく容貌だってことを、この人は知っている。ちょっと大きな声を出せば、皆の注目が自分に集まる。だから、声のトーンや細かな仕草まで、きっと計算ずくなんだ。

彼女は僕の隣にすとんと腰を下ろして、ノンアルコールのワイン（そんなものがあるんだ！）を注文した。

「ねえ、君、どこの中学？」

「篠山中です」

「へえ。私、中里中央」

「はあ、そうですか」

「てゆーか、敬語やめてよ」

「でも先輩だし」

女性は一瞬きょとんとし、けらけら笑い出した。

「やだ、私も新入生よ。推薦で早く入学が決まったから、高校の中をうろうろしていたら、この部活の人に誘われたの」

なんだ、タメだったんだ。急に緊張がとける。座り直して、縮こめていた肩を少し広げる。目線も少しだけ高くなって、先輩だと思っていた目の前の女性が、普通の中学生に見えてくる。

「わたし、リサよ。君は？」

「橋立ユウト」

「ユウトはさ、彼女いるの？」

いきなり呼び捨てだった。しかも、下の名前。

これは僕の中学生活とは違う世界だな、と思った。僕が中学3年間で名前で呼べるようになった女子は一人だけだ。そういうのが常識だと思っていたから、高校生になれると決まった途端にタメ口女子が出現というのは、予想外のことだった。

嬉しいのかって？　そんなことはない。だってこのリサっていう子は、僕が完璧を目指すことにはなんの手助けにもなりはしないだろうからだ。

推薦で合格したあと、高校をうろうろする？　部活に誘われた？　しかも美人？　とっくに先輩の誰かと付き合っているに決まっているじゃないか。

僕は再度ファミレスの中を見回した。あいつか？　それともあいつか？

こんなリア充に少しでも気を許したりしたら、僕の完璧な人生に傷が付く。

……まあ、ちょっと話を合わせてやってもいいんだけど。

「彼女ねえ、どっちだと思う」

「いないでしょ。だって暗そうだもん」

「暗くない。明るいよ。クラスじゃ人気もんだよ」

「うそだー、マジうそだー。無理しなくていいんだよ、お姉さんに正直に言ってごらん」

「タメじゃんかよ」

「私、4月生まれだもん。ほとんどの同級生より、お姉さんだよ」

「4月何日？」

「2日。小学校の時は、いつも出席簿の最初」

「4月2日って、本当に年度の最初じゃん。そんな人、初めて見た」

「本当よ、ホント。で、ユウトくんは彼女とかいるのかなー？　ほれほれ」

「うるさいよ」

あれ、意外と楽しい。

予想外に言葉がぽんぽんと出てくることに、僕自身も驚いていた。

なんだ、こんなのでいいんだ。喋る相手の顔色とか心の中とか、そんな面倒なことを一切考えなくてもいいんだ。気楽な会話をしても、いいんだな。

「……大学受験で挽回すればいい」

ぽつりと言ったのを、リサは聞き逃さなかった。

「あれぇ？　もしかして、ランク落として合格したクチ？」

「そんなとこ――」

僕のポケットの中で、携帯電話の音が鳴った。取り出して、メールを確認する。

その内容を見て安堵して、簡単に返信を打った。

「彼女？」

「違うよ」

今のところは、ね。

「ママ？」

「それも違うよ。……もう帰るわ」

僕は立ち上がる。リサは驚いた顔で僕を見る。

「どうしたの？　用事？」

「……君と話していると、僕はどんどん完璧から遠ざかっていく。それじゃ」

バッグを手に取って、僕はファミレスから立ち去った。リサがどういう顔をしているのか、見たいとも思わなかった。

僕には行かなければならないところがある。

さっきのメールには『私も合格した』と書いてあった。

だから、そのメールの差出人のところに行かなければならない。

ナツキのところに、だ。

二人とも合格したら、僕は彼女に言おうと思っていたことがある。

僕は兄さんにメールを送信した。今日のことは、兄さんにも相談してある。

『大丈夫だ。迷わず進め』

兄さんは太鼓判を押してくれた。

すべてが僕の背中を押していると思っていた。

僕が住むのは、都内から1時間ほど電車に乗ったところにある八扇という町だ。海沿いでもなく、山沿いでもない、何の変哲もない郊外にある田舎町だ。八扇の中心には八扇駅がある。

ナツキとの待ち合わせは、その八扇駅のコンコースだ。線路をまたいで南北をつなぐ陸橋部分が、コンコースになっていて、中央には噴水とベンチがあり、待ち合わせによく使われていた。

自宅から駅まで歩いて10分ぐらいだ。

高校にはこの駅を使って通学する予定だ。

信号を渡って駅への上り階段に出た。ここの駅は、先日新しく改装されたばかりで設備は最新式だ。階段の足元には、綺麗なステンドグラスが埋め込まれている。改装される前は、駅の南北を抜けるには狭い地下道を通る必要があったが今では改札が二階になり、空中コンコースを通って南北に抜けることができる。

賑わっていた。平日の午後にしては、かなりの人出だった。

ざわめく空気の中で、緊張が高まっていく。落ち着こう。冷静にならないと駄目だ。完璧を目指さなきゃ。

僕はコンコースの中にある飲み物の自動販売機にコインを入れた。いや、入れようとして、落とした。カンッという金属音とともに落ちたコインは、自動販売機の下に滑り込む。

落ち着け。ここで感情を昂ぶらせてはいけない。勿体ないけど百円くらいいいじゃないか。

改めてコインを入れて、ブラックのコーヒーを買う。

ふう、と息をついて、缶に口をつけた。

ゆっくりと噴水に近付くが、ナツキはまだ来ていない。

コンコースの中をふっと冷たい風が吹く。そういえばまだ3月上旬だっけ。

約束の時間の3分前になって、ナツキがやってくるのを見つけた。コートのポケットに手を入れて、寒そうに下を向いて歩いている。

「ナツキ！」

ナツキが顔を上げた。中学時代をともに過ごす間に僕たちはいつしかお互いを名前で呼び合うようになっていた。

「ユウトだー。あ、高校合格おめでとう！」

「あ、うん。ナツキもおめでとう」

「ありがとう！　……高校もまた一緒だね」

小学校から一緒であることを、ナツキも気にしていたんだということに、嬉しくなる気持ちを抑えられない。

「残念だな。腐れ縁で」

「シュウも受かって良かったよね」

「シュウは余裕でしょ。さすがだよ」

「ユウトは本当に刈間高校でよかったの？」

「しょうがないよ、栗原東は無理だって先生に言われちゃったんだから」

本当は三人一緒に通いたいからなんて言えないよね。

「うーん。でも、ちょっと良かった。小学校からずっと一緒なのって、ユウトだけだからね」

たぶんナツキは僕のことを結構特別に思っていて、ということは、いわゆる脈アリってやつで。

確かに完璧を目指す僕にとって、目標の高校ではないけれど、要は最終学歴が重要なんだ。大学のレベルを上げれば挽回できるだろうし、むしろ刈間高校でナツキたちと一緒に完璧な高校生活を送ったほうがいい。僕はそんな風に自分を納得させた。

ナツキがベンチに座ったので、僕もその隣に座る。二人で改札のほうをぼんやりと眺めた。

改札を通り抜けた人たちが、ホームへの階段に吸い込まれていく。かと思ったら、到着した電車から急いで階段を上ってくるサラリーマン、買い物に向かう主婦、通学中の小学生に中学生、大きい荷物を抱えた若いＯＬ。遊びに行く楽しそうなカップル。本当に色々な人がこの駅を利用している。

二人で改札を眺めながら、どんどん時間が過ぎていく。

ナツキは何を考えているのだろう。ひょっとして、僕と同じことを考えていたりはしないだろうか。

尻の辺りがむずむずしてきて、心臓のリズムが速くなる。

ナツキが立ち上がったらチャンスを逃す。完璧なプランが崩れてしまう。

僕は3度呼吸を整えて、口を開いた。

「あのっ……」

「ん？」

「あっ、ぼ、僕……ナツキのことが好きだ」

言えた。なんとか言えた。

きっと告白なんてのは、何回やっても緊張するもので、それは過去の１０００年もこの先の１０００年も、どの時代も、誰にとっても同じことなのだろう。

ナツキは足を振って勢いをつけて、ベンチから立ち上がった。改札に向いていた顔を、くるりと僕のほうに向ける。

「私、ユウトのこと、大切な友達だと思ってるよ。小学校からずっと一緒だし、ずっと一緒に受験勉強してきたしね。だから、変に誤解されるのは嫌だし、思わせぶりなことを言うのも嫌だから、正直に言うね。ごめんなさい。――ユウトと付き合うって、考えられない」

考えられない……。考えられない……。

僕は、次の言葉を思い付けずにいた。

それなりに順当に人生を積み重ねてきたつもりでいた。完璧に近い流れだと思っていた。

「ごめん、ちょっと寄るところあるから」

ナツキはベンチに置いてあったバッグを取り、南口の階段のほうへと歩きだす。

追いかけることができなかった。追いかけても無駄だと思った。

風が足元を通り抜けていく。さっきまで心地良さすら感じていた春の風が、服を通して冷たく突き刺さる。

初めての告白の後、僕は何もできなかった。

告白に破れてから15分後。僕は八扇駅前のファミリーレストランにいた。

四人掛けのボックス席を一人で占領している。テーブルの上にはドリンクの他に、ハンバーグプレート、和風きのこドリア、ピッツァマルゲリータ、スズキの塩焼定食が並んでいる。分かりやすく言えば、僕はやけ食いをしていた。難しく言おうとしてもやけ食い以上の表現をしようがない。知らない人が見ても、あのテーブルの若者はやけ食いしているのだなと分かるような、正真正銘、簡単明瞭なやけ食いだった。

シンプルだな、と思う。

ずっと想っていた幼なじみの女の子に告白して失敗して。やけ食いで気を紛らわそうなんて、なんてシンプルなんだろう。

……紛れるもんかッ。

いい線を積み重ねていると思っていた。小さなミスはあったけれど、大きな失敗はしていない。だから、告白もいけるんじゃないかって思っていたんだ。

ハンバーグに乗っている目玉焼の、黄身にフォークを刺してとろとろのところをかき混ぜて、ソースの色が変わったところで肉とからめて口に入れる。

美味しいな。苦いなあ。切ないなあ。

落ち込んでいるはずなのに、胃袋は正直に反応する。満腹になってから告白したら、ひょっとしたら答が変わっていただろうか。やっぱり気持ちの余裕のなさが、顔や声に出てしまったのだろうか。

いやいや、「付き合うなんて考えられない」んだっけ。

それって根本的なところだよな。

あ……、あれ？

僕は食べる手を止めた。もしかして、ってことに気付いてしまったのだ。

ナツキは僕のことを特別視していた。それは間違いないと思う。小学校からずっと一緒なのは僕だけだって、彼女自身も言っていたし。受験勉強だって、ずっと一緒にしていたし。

だったら彼女も、想像したことがあるはずだ。僕は彼氏になりうるのかって。そうしていつも、「考えられない」って結論に達していたんだ。いや、結論以前の問題だったかもしれないけれど。

でも、もしかしたらと、僕は考える。

百分の一、千分の一、あるいは三千分の一くらいは、可能性があるんじゃないだろうか。

可能性があるのなら、何度かやり直すうちに、ＯＫがもらえたりするんじゃないだろうか。

　リセットは、可能性の中から別の可能性を見つけ出す行為だ。すべてが自力でどうこうできるわけではないけれど、可能性があるのなら、いつかは希望する結果につながっていてもおかしくないはずだ。

　僕はバッグからリセットボタンを出し、ためらうことなく押した。

　——リセット。世界が揺れる。


　高校の合格を確認した後、僕は駅のコンコースに直行した。

　ベンチに座ってナツキを待つ。どうすればいいだろう。どういう風に告白すれば、断られないだろう。

　色々と考えていたら、全然考えがまとまらなくなって、やってきたナツキに向かって僕は走り出していた。

「ナツキ！」

「な、何？」

　僕の姿が突進してくるように見えたためなのか、ナツキは数歩後ずさりした。

「僕はナツキのことが好きだ！」

「え？　え？　え……あの……ごめんなさい。ユウトと付き合うって、考えられない」

——リセット。世界が揺れる。

「ナツキ、落ち着いて聞いて欲しい」

「うん」

「僕は君のことが好きなんだ」

「……ごめんね。付き合う相手には、考えられないんだ」

——リセット。

噴水の中に全力でダイブ。水をかぶり、皆の注目を集めながら、ナツキに向かって叫ぶ。

「好きだーッ！」

「ゴメン、それは考えられない」

——リセット。

コンコースの中の花屋でカーネーションを束にしてもらう。

「この花よりも、美しいナツキと、付き合いたい」

「ごめん、そういうの、考えられない」

――リセット。

真正面から正攻法。ナツキの両手を握って低い声で言った。

「愛してる。付き合おう」

「無理、考えられない」

リセット。

「ナツキ！」

「ごめんなさい！」

――リセット。

――リセット。

――リセット。

――リセット。リセット。

――リセット。リセット。リセット。

――リセット。リセット。リセット。リセット。

……リセット……リセット……。

３００回目の告白も、答は「付き合う相手としては、考えられない」だった。

それはきっと、生理的とか本能的とか、ちょっとやそっと頑張ったレベルじゃ這い上がれないような、大きな断絶の先にある距離で。

おそらく言葉を変えるなら、

「タイプじゃないんです」

ということだ。

タイプじゃ……タイプじゃ……。

なんてことだ。

僕はまた、ファミレスでやけ食いをしている。

３０００回でも３万回でも、何回繰り返したってタイプじゃないのは変えられない。

スズキの塩焼にフォークを突き立てた。行儀が悪いけど、今は何もかもが面倒くさい。フォークの先で白身をほぐして、我ながら器用に突き刺して口に運ぼうとした時だった。

「願ってる?」

久しぶりに聞いたその声に顔を上げると、世界がモノクロに変わり、向かいの席にマキちゃんが座っていた。

「てかちょっと願い過ぎかなー？」

マキちゃんは頬杖をついて、呆れたように僕の顔をのぞき込んだ。

「見てたのか」

「一部始終」

僕は憮然（ぶぜん）としながらスズキを頬張る。少し味が濃いのでご飯も一緒に頬張る。

「もぐのももはもっもいめむめも」

「は？」

口いっぱいに頬張っていたので言葉にならなかった。よく噛んで、水と一緒に喉へ流し込んで、ようやく喋れた。

「僕のことはほっといてくれよって言ったの！」

「何よ、心配してわざわざ来てあげたのにさっ。そんな言い方しなくたっていいじゃない」

マキちゃんは口を尖（とが）らせて、僕の皿のポテトフライを1本つまみ、前歯だけでサクサク食った。

「なに勝手に食ってんだよ」

「いいじゃないかー、1本や2本」

「僕も1回や2回リセットすれば完璧な人生が選べると思ってたんだよ。でも、何回やっても駄目なものは駄目なんじゃないか。こんなんじゃ、完璧な人生にならないよ、どうしてくれるんだよ」

「ユウトの人生をリセットしたからって、他の人の心がリセットされるわけじゃないからね」

「分かってるよ。ていうか、思い知ったよ。……でもさ、無限の可能性の中に、正解のルートがあるわけだろ？　その正しい選択肢を見つけるためにどうすればいいか、ヒントとかないわけ？」

うーん、とマキちゃんは腕を組んで唸(うな)る。唸りながらもポテトをつまむことは忘れない。もう僕はあきらめてポテトの載った皿を彼女のほうへ押し出した。

「可能性は無限でも選択肢は有限なんだよね」

マキちゃんはどちらかというと僕との話よりポテトフライを食べるほうに夢中のようだ。ずっとモグモグと口を動かして、時折美味しそうに頷いたりしていて腹が立つ。

「ユウトはもう少し、よく考えてから選択したほうがいいと思うのね」

「なんだよ、僕が考えてないっていうの？」

「まーね。でも仕方ないか。ウンコ漏らしたくらいで人生やり直したいって願うくらいだからねー」

「やめてくれよ！　しかも飯食ってる時に！」

マキちゃんが、僕がウンコを漏らしたことを知っている唯一の人間っていうのが心底忌々しい。

「ユウト、一応言っとくけど、君の人生のリセットは、君の思い出と引き換えなんだからね？　忘れないでね」

「思い出がどうのって言ったって、何にも変わらないじゃないか。別に何かを忘れるわけでもないし、思い出せないことも全然ないよ」

「わたしはユウトがどうなろうと知ったことじゃないんだけどさー。どーでもいいことに使ってると、大事なところで使えなくなっちゃうよ？」

「僕はさ、未来に目を向けているんだ。未来を完璧なものにするために過去があるんだから。そのために過去が犠牲になるのなら、それは仕方ないことなんじゃないかな。僕はこれまでも完璧だし、これからも潔癖でありつづけなきゃいけないんだから」

マキちゃんは突然両手を合わせると斜めに上げて、テーブルの上に振り下ろした。テーブルが真っ二つに割れ、亀裂から無数のカードが噴き出した。また僕の思い出カードのマジックショーか。彼女は両手の指を起用に動かして巧みにカードを操(あやつ)り、空中で扇型に並べた。そのうちの1枚をつまみ上げ、窓から差し込む白い光にかざす。

「これ、覚えてる?」

カードには、小学生の僕が映っていた。

カードの中の僕は、給食のニンジンが食べられなくて半泣きだ。食べ終わるまで昼休みはお預けらしい。すると小学生のナツキがニンジンを食べてくれて、二人はそのまま校庭に遊びに出る。クラスメートに混じって、楽しそうに遊ぶ。

「覚えてる?」

「覚えてるも何も、これはおかしいよ。こんなことはなかった。僕はニンジンを食べられなかったことなんてない。普通に食ってたよ。だから、給食で残すなんてありえない。確か……この時は食べ始めるのが遅かったから時間がかかったんだ。ちゃんと残さないで食べて、この後校庭で遊んだんだよ」

マキちゃんは呆れたようなため息をひとつして、カードをかき集めると、まとめて重ねてテーブルの上でトントン、と叩いた。

「これがユウト、君が失った思い出」

マキちゃんはカードを横にして、その厚みを僕に見せる。「もうこんなにだよ?

こんなにユウトは思い出を忘れちゃってるよ？」

忘れてる？　そんなまさか。

彼女は重ねたカードを親指と人差し指で挟んだ。トランプ52枚分の厚さの、5倍くらいあった。

「何を忘れてるっていうんだよ。だって、別にそんな、僕は何にも変わらないよ――」

何を忘れてしまったのかを必死に思い出そうとした。もし本当に僕がニンジンを食べられなくて、それをナツキが助けてくれたのなら、本当にそんなことがあったのなら、思い出せないはずがない。

でも、どんなに思い出そうとしても、記憶の断片すら見つけることができなかった。

僕はマキちゃんの持っているカードをひったくると、1枚1枚光にかざしてみた。カードの中に映し出されているのは確かに僕なのに、それはまるで他人のような、知らない僕が知らないことをしている。どのカードを見ても、ひとつも心当たりがない。

もしかして僕は、完璧を目指すとか未来が大事とか言いながら、取り返しのつかないことをしているのか――。

「ユウトは間違ってないよ。でも、ユウトの選択には、失う過去と同じくらいの重みがあると思っておいて。本当に大事な選択をしなきゃいけなくなった時に、後悔しないように」

マキちゃんが、ポテトをかじりながら言う。いつの間にかポテトは付け合せのパセリも含めてきれいになくなっていた。

「ごちそうさまでした……」

手を合わせて一礼する。こういうところは礼儀正しいのか。

「ユウトが願ったのは『やり直したい』、わたしはそれを叶えた。ボタンはそのための道具だけど、リセットしてそこから次に進むのか留まるのか、選ぶのはユウトだからね？」

マキちゃんは僕からカードを取り上げると見事な手際でシャッフルして、ぽん、と手を叩いた。カードは彼女の手の中から消えてなくなった。

「ユウトは、本当に願ってる？」

「願ってる」

「そう？　なら、進むの？　止まるの？」

あなたが落とした斧は、金の斧ですか？　銀の斧ですか？　それとも……？

僕は選ばなければならない。進むのか止まるのか。何を願い、何をあきらめ、何を手に入れ、何を捨てるのか。

「マキちゃんは……」

「ほら、外を見て。また、新しい選択肢が生まれるよ」

言われるがままに首を曲げて、窓の外のモノクロの世界を見た。

僕が顔を向けるのと同時に、世界に色が戻る。慌てて顔を戻したけれど、マキちゃんの姿は消えていた。

選択肢ってなんだろう。不思議に思いながら改めて外を見る。別におかしいところなんか……いや、変だ。駅のシャッターが下りている。

新しい八扇駅は、そのコンコースを使って、災害時の避難場所になることが想定されている。避難者を収容する場合は、南北のシャッターが下りて密閉空間になるのが、売りのひとつだった。

そのシャッターが下りて、人が集まってきている。火事だろうか。煙が出ている様子はないが。

やがてサイレンと共に消防車とパトカーが駅前に集まった。だが、シャッターが開く気配もないし、消防士が中に突入する気配もない。

ファミレスの店員が席のそばを通ったので、何事かと聞いてみたけれど、うろたえるばかりで何も知らないようだった。

事件なのは間違いないけれど、何の事件なのかさっぱり分からない。

携帯電話が鳴ってメールを受信した。さっき別れたばかりの……いや別れる前に付き合っていないんだけど……いやいやその別れるじゃない——ナツキからだ。

『題名：閉じこめられたみたい
突然シャッターが閉まって、コンコースから皆出られなくなったけど、ユウトは外にいる？』

と書いてあった。直接話を聞いたほうが早いと思って電話をかけたけれど、つながらない。仕方がないのでメールだけでも送ることにする。

『僕は外にいる。外でも騒ぎになってるっぽい。警察も来てるけれど、まだ中に入れないのかな』

振られたばかりの相手とは言え、ナツキは僕にとって大切な存在だ。助けになれることもあるんじゃないかと思って、ひとまず駅まで行くことにした。

会計を済ませて外に出ると、通りまで人で埋め尽くされていた。なんとか隙間を縫って前に出ようとしたけれど、駅までもう少しのところで、警官に止められてしまった。

「友達が中にいるんです」

「現在警察と消防が協力して対処しています。下がっていてください」

下がっていろと言われて、素直に下がるのは悔しかったが、僕は人混みをはなれた。

なんとかナツキのところまで行かなくちゃ。

線路に沿って高い壁があり、これを乗り越えて中に入るのは無理そうだ。駅の中に入るには、ずっと先にある踏切から線路を歩くしかない。

さすがにそれは無茶だろう。

駅のほうから、「八扇駅でのトラブルのため、現在運転を見合わせております」とアナウンスが流れているのが聞こえた。

「行くしかないだろ！」

何か急に嫌な予感がして、気合いを入れるために叫んだ。どうしてもコンコースの中に入らなければならない。僕は無理を承知で踏切まで走り出した。

杉田ナツキは特別だ。

あれは小学校4年生の時だった。僕はまだクラスの友人にいじられることもなく、男女間の異性の壁もなく、僕とナツキと級友の数人は放課後一緒に遊んでいた。

僕らが〝男の子〟と出会ったのは、そんな日だった。

何故かかくれんぼに熱中した僕ら数人は、帰宅を促す放送が鳴る頃には一人減り、二人減り、最後は僕とナツキだけになった。

カラスと一緒に帰りましょう。

そんなメロディをナツキが口ずさむ。

グラウンドには少年野球のチームが練習を続けているが、彼らには大人の監督がついているから話は別だ。校庭で残っている生徒と言えば、僕らの他には低学年の男の子が一人と、なぜかブランコに座っているおじさんだけだった。

僕たちだけ空間にぽつんと放り出された気分で不安になり、帰ろうとナツキを促した。すると、ブランコのおじさんが僕らを手招きした。見るからに不審者っぽい身なりならば用心もするけれど、日曜日のお父さん風――先生風とも言えるかもしれない――の服装だったので、僕もナツキも自然に近付いていった。

「そこの子と遊んでやってくれないかな」

低学年の男の子を指さして言った。そして鞄から、チョコレートを2枚出した。

「俺はその子の親父なんだけど、子供とどう遊べばいいのか、分からないんだ」

疑うこともなくチョコレートを受け取った僕らは、男の子に近付いた。

「何年生？」

「2年生」

何が面白いのか、校庭の石をひっくりかえしたり積んだりしていた男の子が答えた。名前がタケルということも教えてくれた。

ナツキはタケルの隣にしゃがんで聞いた。

「タケルくんは何しているの？」

「けんきゅう」

「ふーん」

遊んでやってくれと言われたけれど、タケルは一人で勝手に遊んでいて、ナツキが話し相手になっていたが、僕は何をするでもなくうろうろしているだけだった。

何時の間にか、おじさんもどこかに行ってしまっていた。

やがて先生が見回りに来て帰るように言われた。僕らも「はーい」と調子のいい返事をした。実際、薄暗くなってきたので、今度こそ本当に帰ろうと思った。

「だけど、タケルくんはどうするの？　お父さん、どこかに行っちゃったよ」

「戻ってくるよ。それより、帰らないと怒られちゃう」

「置いていけないじゃない」

「だってさー」

僕らが相談しているのに、タケルは全然聞いていない。

「タケルと遊んでくれていたのかい？」

知らないおじさんが僕らに話しかけてきた。背恰好は似ていたけれど、薄暗い中でもタケルのお父さんでないことははっきりと分かった。

「おじさん誰？」

「タケルを迎えに来たんだ。さ、帰ろう」

「やだ」

タケルは石を積みながら即答した。「知っている人？」と聞くと「おじさん」と答える。

「帰ろう、タケル」

「やだ」

人さらいだ、と、僕は直感的に思った。

僕はタケルの腕を引っ張り上げて走り出した。

「タケル、逃げよう！」

「タケルのお父さん、探してきて！」

ナツキに向かって叫んだ。

逃げ出した僕とタケルを、当然のように謎のおじさんが追ってきた。大人の足は速いけれど、こっちは学校の地理を知りつくしている。あらゆる裏道を駆使して逃げ回った。

だけど限界はあった。西門の辺りでおじさんに追い付かれ、僕は肩を掴まれた。

「タケル、こっちに来なさい」

「行くな！　逃げろ！」

おじさんは僕を突きとばし、タケルをつかまえた。タケルが連れて行かれる！

その時、「えいっ！」という声とともに、ナツキがおじさんにタックルをくらわせた。ナツキの後ろから、タケルの父親も現れた。

地面に倒れている僕に向かって、ナツキは「大丈夫？」と手を差し出してくれた。

すごい、と思った。ナツキのことが、完璧な救世主に見えた。ピンチで精神的にパニックになっていたのかもしれないけれど、大人に体当たりをしたナツキの勇気に感動したのだ。

ナツキはすごい！

そうか、ナツキはきっと完璧になれる人なんだ。

その当時の僕は既に兄さんの影響で、「完璧」とか「潔癖」という言葉に強い憧れを持っていた。自分もそういう人間を目指すのだと思っていた。

ナツキも僕と同じ種類の人間なんだ！　と感じた。

彼女は自分と同じ方向を向いている人間なんだ。

杉田ナツキは、この日から、僕にとって特別な女の子になった。

ナツキが心配でたまらなくなった僕は踏切まで走って向かったのだが、踏切付近にはほとんど人がいなかった。皆、駅のほうに見物にでも行っているのだろう。到着してしまえば線路に入るのは容易で、後は勇気を出してホームに向かうだけだった。

ちょうどこの騒ぎで電車は止まっていた。

線路脇をしばらく歩いて近付いたホームの上には、乗客がたくさん溜まっていた。

「線路から来たのか！」

乗客の一人が言った。皆が僕に注目した。

「踏切から来ました。コンコースに行こうと思って……」

ホームに手を付いて上がった。

「こっちからは入れないぞ」

何でと思い、階段の下まで行って事情が分かった。コンコースにつながる階段のシャッターが下りているのだ。ホーム側にある開閉ボタンは故障しているようで開かなかった。

これじゃコンコースは完全な密閉空間じゃないか。

僕はシャッターをこじ開ける方法を探した。少なくとも、南北口の巨大なシャッターを開けるよりも、この階段の2メートルほどの幅のシャッターを開けるほうが簡単な気がしたからだ。

だがホームにあるのは、椅子もごみ箱も、何から何まで固定されていて、シャッターを開けるために使えそうなものがない。

ドンッ
ものすごい衝撃が響いた。

反射的に、頭をおさえて体を低くする。何だ？　何が起きている？

続けてシャッターが揺れる。金属のぶつかる音がする。

中で爆発が起きているんだ！

ドンッ　ドンッ
爆発音と同時に火災報知器のベルが派手に鳴り始める。爆発に続いて出火とは。

ホームにいた乗客たちは慌てて線路に下りて踏切のほうへ逃げ出した。

これで危険性が増したのは確実だ。

時間がない。

ナツキが心配だ。

シャッターに手を触れ、熱くなっていないことを確認し耳を付ける。鉄の扉のその先から、かすかに人が叫ぶ声がする。走る靴の音。逃げているのか。中では爆発音がまた響いている。

「ナツキ！」

距離をとった。肩を斜めに、助走をつけて、全力でシャッターに体当たりする。ガシャンという派手な音はするが、音だけだ。シャッターの下から灰色の煙が漏れてくる。内部では相当大変なことになっているに違いない。

もう一度離れて、ダッシュで体当たり。音だけが虚しく響く。

地面に手を付いたら、下から漏れてきた煙にむせて涙が出てきた。

ナツキ……。

そうだ、リセットだ、リセットすれば……。

しかし、これまでの経験から、軌道修正するための明確な方法を決めずにリセットしても、何らかの力が働いてリセット前と同じ事件が発生することが分かっている。どこに戻って何をやり直せばいいのか、それが分からないとリセットしても意味がない。

途方にくれて半ばあきらめかけた時、ガチャンという音がした。

え？　と思って顔を上げたら、ゆっくりとシャッターが上がっていく。同時に大量の煙が中から噴き出してきた。僕は咳をしながら腰をかがめ、這うように階段をよじ登った。

駅の改札の内側は煙が満ちていたが、少しずつ空気が入れ替わっているのを感じた。コンコースのメインシャッターも開いているのだ。

開いたシャッターから消防隊が駆け込んできた。

「ナツキ！　ナツキ！　どこにいるんだ！」

僕は叫ぶ。

駅の中は、ひどい有様だ。数カ所で爆発があったのは確からしく、駅ナカの売店ではショウケースが壊れている場所もある。消火器が使われた形跡もあった。幸い火事は消し止められたようだ。

人の流れは外に向かっていた。

僕はその流れを斜めに縫うように、ナツキの姿を探した。

「ユウト！」

腕を掴まれた。振り返ったら、ナツキがいた。普通に話してくれた！　ってことを、最初に思った。告白で気まずくなったりしないかと、こんな時にも僕は心の中で余程心配していたみたいだ。

「ナツキ、無事だった？」

ナツキの服は、体の右側が真っ白になっていた。でも、それ以外には怪我をした様子もない。

「大丈夫！　あ、これね。消火器を使ったんだけど、使い方がよく分かんなくて、こんなになっちゃった。結構勢い強いんだね」

「なんでナツキが消火器なんか」

「近くで爆発があって火事になったのよ。子供たちも一緒にいたからつい……」

「危ないじゃないか」

「でも……、もしヒーローがいたら、子供を助けるよね」

「はあ、確かに。ナツキらしいって言えば、そうだね」

ヒーローに憧れるナツキなら、自分が同じ立場になったらヒーローと同じように振る舞わずにはいられなかっただろう。

「この話、他の人には内緒ね」

ナツキは舌を出した。

僕は別に構わないと思うんだけど、ヒーローオタクをあまり知られたくないみたいだ。

その後、僕らは駅の外に出て、警察の人に事情を色々聞かれた。家に帰されたのは随分後だった。

結局僕は、何の役にもたっていない。ナツキから事情を聞いた後なら、リセットボタンを使って活躍する場面を作ることもできるだろうけれど、ナツキが無事だったのならそれでいいかと思っていた。

リセットボタンは僕の人生に影響するくらいの力しかなくて、他人のためとか世界のために使うようなパワーはない。それはたぶん、僕がそれだけの影響力しかないからだろうとは思うけれど、僕は僕なりに完璧で潔癖でいればいいだけであって、世界のことなんか関係ない。

この事件で、僕はそのことをはっきり意識した。

リセットボタンは、僕の人生のために使えばいい。ただ、それだけのものだ。

「マキちゃん、それでいいんだよな？」

駅からの帰り道、空を見ながらつぶやいた。

神様か、天使様か。空に上ってしまわれたのか。

気にしないほうがいいのかもしれない。

マキちゃんに願ったら、人生リセットボタンが降ってきて、それで僕の人生は変わった。それでいいじゃないか。

あの事件は詳細がハッキリしないこともあって、時間の経過とともにだんだん大きなものになっていた。シャッターが閉じたのは偶発的な事故なのか、それとも人為的なものなのか、仮に事故だったとしても、完全に閉じ込められてしまう可能性があるのは問題ではないか。ニュースはそんなことを言っていた。

その日の夜、ナツキにメールを送った。

『なんかあの事件大騒ぎだね』

『そうだね。友達に事件のこと話したら教えてってうるさいんだよ』

よかった、ナツキは普段通りに返事をくれた。

僕が恋人としてタイプではないことは、３０００回告白して分かってしまったけれど、僕が彼女のことを好きなことは伝えておきたかった。

だからもうこれ以上、告白する前にリセットしようとは思わなかった。

告白して断られて、そういう関係のまま高校生活に突入してもいいんじゃないかと。

そう思ったのだ。

『だけど、ナツキが無事でよかった』

『ありがとう』

この「ありがとう」には、色々な意味が込められているような気がした。

僕とナツキはこれでいいんだ。僕は自分に言い聞かせてゆっくりと目を閉じた。

この日のことについて、もうひとつ。

兄さんにも事の顛末をメールした。告白は失敗だったけれど、ナツキとの関係は壊れていないこと。そして駅での事件のこと。

『それでは、ユウトは事件の現場にはいなかったんだな』

『僕が中に入った時には、全部終わってた』

『そうか……。二人とも、無事でよかったな』

『うん、そう思うよ』

兄さんは、離れていても僕を見ていてくれる。完璧を目指す僕のことを。

僕は兄さんを追いかける。離れていても、見えなくても。その背中は、完璧に潔癖で、僕の目標であり続ける。

ああそうだ、大学は兄さんと同じところに行こう。

僕は刈間高校への入学を決意した。

◆

今日は素敵な卒業式♪

などと口ずさみながら。

僕らは中学校を巣立った。

シュウは密かに下級生に人気があって、何人かの女の子からボタンをせがまれていたけれど、全部断っていたみたいだった。

僕は念のためと思って、予備のボタンまでポケットにしのばせておいたけれど、誰からも声が掛からなかった。

そんなもの？——なんか悔しい。でもリセットするほどではない。

「ユウトー、写真撮ろう！」

ナツキが僕を呼ぶ。今日ばかりは携帯電話も見逃されていて、内蔵カメラが大活躍していた。

僕とナツキ、そしてシュウは、並んで写真を撮った。三人の携帯電話で、1回ずつ。画像ファイルをコピーすればいい気もするけれど、そんな面倒なことやっていられない。

今のこの瞬間は、何回切り取ったって、いいじゃないか。

受け取った携帯電話の中の写真は、自分でも見たことのないくらい、いい顔をしていた。

僕たち三人は、同じ高校に進む。

きっと、すばらしい高校生活が待っているだろう。僕の期待は膨らんでいく。

この時の僕は、輝かしい高校生活がこれから待っていることを疑う余地もなかった。

第3章 どうせどうせ、やり直し

シュウは野球部に入った。

まあ、高校の部活の花形は野球部だしね。

僕らが入学した刈間高校は、甲子園とは縁がないものの、地区大会だと3回戦ぐらいまでは行くらしい。そこそこ強いと思う。

どうして野球部に入ったのかシュウに聞いてみたのだけれど、

「野球部はライバルが多いからだ」

とのことだった。人気のある部活はポジション争いが激しいからライバルが多い。ライバルが多ければやる気も上がる。シュウってのは、そういう奴だった。

「ユウトはやる気がなさすぎる。小学校の頃のマラソン大会じゃあ、お前のほうが順位が上だったじゃないか」

「そんなことないよ。やる気はあるさ。ただ、僕の目指す完璧なラインの上に、マラソン選手って可能性はなかったってことだね」

「お前の言う、完璧なラインって何だ。何もしないことか？」

「してるじゃないか」

「お前はまだ全力を出していない」

シュウは本当に鋭い。

いつも全力で頑張っているシュウだからこそ、僕のことを余力があると見るのだろう。

　リセットボタンを使って、失敗したらやり直すのを繰り返していれば、周りには完璧な自分しか見えていないことになる。だったら、そう見えるのも当然といえば当然か。

　そんな僕の秘密を知ったらシュウはどう思うんだろう。軽蔑するんじゃないだろうか。

　そんなことをうだうだと考えたり、世間話をしながら帰ることも、彼が部活を始めるようになるとめっきりなくなってしまった。

　僕は一人で家に帰る。

　ちなみにナツキは女子バレー部に入った。てっきり彼女は演劇部あたりに入るのだろうと思っていたから、意外だった。彼女は見た目のイメージとは違い特撮ヒーローが大好きだ。いや、見た目だけで言えば元気キャラは全然アリなんだけれど、男子がイメージするクラスの女子ってのは、普通は特撮ものは見ないしね。オタク趣味があったとしてもマンガやアニメぐらいだと思う。

「ナツキはどうして文化部に入らなかったのさ」

　僕とナツキとシュウは、同じクラスだった。

「文化部のどれかも考えたんだけど、文化系の活動って家で一人でもできるのが多いじゃない？　だったら、高校じゃないとできないことをしたほうがいいかなって」

「どうしてバレー部？　バスケとかでもいいじゃん。女子サッカー部も今年からできたらしいよ」

「これ内緒ね。バレー部って、ものすごく弱いのよ。練習しているんだけど、弱いの。バスケ部は県大会でもいい線いっているし、サッカー部は要望が多くてできたばっかりだから、きっと強い選手が多いと思うの」

「それで？」

「だから、将来性のあるバレー部にした」

「将来性あんのかあ？」

「むしろ可能性？　だって、私が頑張れば、バレー部がどんどん強くなるかもしれないんだよ？」

さすが特撮のヒーローに憧れるだけあるよ。格好いいよ。

そんなわけで、女子バレー部に入ったナツキは、毎日必死に夕方遅くまで練習をしている。

うちの学校には部活禁止デーというのがあって、その日は授業が終われば皆早々に帰宅する。僕のような帰宅部からすると、部活をせずに家に帰るのが特権階級のように思えるのだけれど、どうやら世間は違うらしい。部活をする、特別な権利。驚きだ。

高校生になってまだ短いし、僕は例によってすました表情を崩さないように生活していたけれど、驚くことはたくさんあった。

「ユウト、帰る？」

部活禁止デーのとある日のこと。僕はナツキに話しかけられた。

「帰るよ。僕は、いつだって帰る」

「掃除手伝って」

「えー」

「いいじゃない、手伝って？」

ナツキは、語尾をあげて頼みごとをしてくる癖がある。癖なのか、わざとなのか不明だけれど、僕はこれにめっきり弱い。だてに3000回も告白してないからね。

「しょうがないな」

「さすが、ユウト！」

その放課後の教室掃除ときたら、当番になっているのは女子ばかりで、その中に混じって、僕は男子一人で掃除をした。

「橋立君、これお願い」

「橋立君、机運んでくれないかな」

「橋立君、助かるー」

天国だった。

こういう掃除の手伝いなら大歓迎だった。そうなのだ。高校生ってのは、恥ずかしげもなく男子のことを何々君と呼ぶのだ。呼び捨てなんかしないのだ。当然、男子は女子のことを「さん」付けで呼ぶ。

大人だよな。

「あとはゴミ捨てね。ユウト、手伝って」

「何でもするよ、もう」

ナツキと二人でゴミ箱を持って焼却炉に向かう。焼却炉はグラウンドの一番隅にあり、体育倉庫の裏を通っていくのが近道だ。

グラウンドでは野球部とラグビー部が練習をしている。野球部は2年生と3年生ばかりで、シュウの姿はなかった。

ナツキと並んでゴミ箱を運ぶ。掃除の時間に女子に囲まれてデレデレしていたことをナツキに突っ込まれるかなと思ったけれど、さすがに告白されて振った男子に対してそういうことは言わないようだ。他愛もない会話をしながら歩いていたら、体育倉庫の入口が50センチくらい開いているのが見えた。

閉め忘れだろうけれど、今活動している運動部ってのはいわば「偉い部活」なわけで、触らぬ神に祟りなしと思って、そのまま前を通り過ぎようとした。

「藤吉君は……彼女とか、いますか？」

倉庫の中から不穏な発言が聞こえる。女子の声、しかも相手はシュウだ。

「いない」

「それなら、私と付き合ってくださいっ！」

「……すまない」

「どうしてですか？」

「興味がないからだ」

「私……、そんなにつまらないですか？」

「いや、そういう意味ではない。色恋というものに、今は興味がない」

「そんな……」

倉庫の中には、女の子の泣く声が響く。

「泣かないでくれ。泣かずにこらえる強さを持ってくれ」

シュウ……。お前は本当に男の中の男、男らしい奴だよ。だけど、告白に破れた女子に向かって、その発言はないと思う。しかも原因はシュウ当人だってのに。

あいつは本当に、カッコいいんだかカッコ悪いんだか、分からない奴だ。

ナツキに背中を押されて、僕は倉庫から離れた。

「さっきの女の子、野球部のマネージャーだよ」

「そうなの？　1年生？　シュウの奴、速攻？」

「知らなかったの？　彼女のほうから結構アプローチかけてるって、噂になってたけど」

「知らない。シュウは何にも言ってなかった」

「そりゃ、本人が友達に話したら自慢みたいに思われるでしょ？　それにシュウって、そういうの鈍そうだし」

「まあな」

「……シュウって、彼女いないんだ」

「いないだろうな。興味ないってのも、本当だろうな」

「ふーん」

ナツキの言う「ふーん」に何か引っかかるものを感じたが、僕は構わずに焼却炉に紙屑を投げ込んだ。

◆

学校から帰った僕は、ベッドの上に転がって、リセットボタンを蛍光灯に透かしてみた。

ま、透けては見えないんだけど。

四角い箱を手の中でくるくる転がす。

どうしてマキちゃんは、このリセットボタンを僕にくれたのだろう。

このボタンを使って、僕は何千回とリセットを繰り返してきた。その時のことを思い出してみようとする。一部は思い出せるけれど、ほとんどは記憶の積層の中に埋もれてしまっている。

何かの本で人間は生まれてからの記憶を全部持っているというようなことが書いてあった。脳の内側のほうには、海馬（かいば）という記憶を司（つかさど）る場所があって、そこは小さい部位だけれど大きな働きをしているのだとか。

生まれてからの記憶が全部そこに入っているとしたら、僕はリセットした時の記憶を全部その中に抱えていることになる。少なくとも、リセットをする前の記憶があるということは、過去のリセットの記憶は多少なりとも積み重なっているということだ。

……あれ？

僕はリセットボタンを使うことで、長生きができるのだと思っていた。同じ1カ月でもリセットして何回も繰り返せば、それだけ他人よりも長く生きられるのだと思っていた。実際、これまで何千回もリセットしているから、僕は同級生よりも2、3年は長く生きていると思うけれど、自分の体付きは高校1年生のままだ。もし高校3年の体になっていたら、僕はきっともっとがっしりしているはずだ。

だから長生きできて得していると思っていたけれど、もしかして脳味噌は年をとっているのだろうか。記憶が増えているのなら、脳はそれだけ使われているはずで、だったら劣化していてもおかしくない。

いやいや、待て待て。

本当に脳が年齢を重ねているのなら、僕は年齢相応に勉強ができていないとおかしいはずだ。例えば高校3年生とか大学1年生くらいに。それが本当なら、今頃は高1で大学を合格する天才少年になっていてもおかしくないはずだし……。

うーん。実際のところ、どうなんだろう。

もうちょっと自分と、この人生のリセットボタンのことを知るには、どうしたものかと思いながら、ベッド脇に落ちていた科学雑誌（なんと、リセットを繰り返すようになって、僕は科学雑誌なんてものを読むようになった）を拾ってパラパラめくると、「タイムマシンと並行宇宙」なんてことがことといてあって、僕は頭が痛くなった。

ああ、本当に頭痛と耳鳴りがしてきた。

それは布団をかぶって寝てしまうには、恰好の理由だった。

◆

翌日の夜。シュウから電話がかかってきた。珍しいことだった。

「ナツキと交際することになった」

シュウは開口一番に言った。僕はあまりの事態に気が動転し、即座に何も答えられなかった。

合格発表の日にナツキに告白したことは、シュウには秘密にしていた。

むしろ過去のなかった記憶に封印してしまえていると思っていた。

ナツキとは友達関係を続けていって、それはそれで楽しい高校生活を過ごせるんじゃないかと思っていた。

――ナツキと交際することになった。

交際するという古風な表現のことなんか全然気にならないくらい、シュウの言葉は僕には衝撃的だった。

「お、おう?」

かろうじて変な言葉を絞り出す。

「ナツキに告白されたんだ」

「何だって!」

僕が叫ぶのが予想外だったシュウは、次の言葉まで少し時間を要したけれど、今日の夕方の出来事を順番に説明してくれた。

今日は部活がある日だったので、シュウはいつものように遅くまで練習していた。ナツキも同じように練習をしていて、終わって帰りが偶然に一緒になった。帰る方向も大体同じなので、なんとなく並んで歩いて帰っていたそうだ。

ナツキが何か言いたそうだったので、シュウが問い詰めたところ、突然「好きだ」と言われたらしい。

シュウは考えて、オーケーすることにした。

「だ、だって、シュウはそういうの興味なかったんじゃないのか?」

「ん? そんな話、ユウトにしたことあったか」

一昨日の盗み聞きのことが頭をよぎったが、

「でもそうだろ?」

僕は言葉を切り返した。

「そうなんだけどな。でもナツキは特別だと思った」

「特別？」

「俺は今、頑張らなければならないことが山のようにある。それを考えたら、色恋沙汰なんてものを相手にしたくはない。だけどナツキならいいかと思った」

「なんでさ」

「ナツキと一緒に頑張っている自分の姿を想像してみたら、それは可能だと思ったからだ」

確かにシュウとナツキは、互いに鼓舞しあって部活とか勉強とか、頑張れるタイプだと思う。

そういう意味では、シュウの判断は間違っていないと思うし、ナツキをそういう風に評価できるなんて、さすが僕の親友だなんて感心してしまったのだけれど。

電話を切って、しばし呆然。

二人で頑張るシュウとナツキの姿は、容易に想像できるけれど、その中に僕が一緒にいる姿は到底想像できなかった。

僕はリセットボタンを取り出して、じっくりと考える。

告白されたのが今日の帰りか。だとすると……。

赤いボタンに力を込める。

——リセット。世界が揺れる。

◆

戻った先は、同じ日の昼休みだ。

僕はシュウを連れ出した。なるべく人目のつかないところと思い、階段の下を選ぶ。

「あのさ」

「何だ」

「どうせいつかは話そうと思っていたんだ。今日たまたまその気になったんだけどさ」

「だから、何だ」

「僕は、中学卒業前に、ナツキに告白したんだ。だけど、断られた」

「断られた？　どうしてだ。ユウトとナツキは、仲いいじゃないか」

「友達と彼氏とは違うんだろうな。付き合うなんて、考えられないんだって」

「納得いかん」

「シュウが怒ることないじゃないか」

「いや、納得いかん。ユウトを振るなんて、理由が分からん」

「だから、シュウは怒らなくていいって。僕も別に怒ってはいないし」

「いや怒る。お前はもっと怒ったほうがいいし、男として自分に自信を持ったほうがいい」

「自信なら持ってるけど」

「なら、ナツキを振り向かせてやるくらいのことを言えばいいんだ」

「シュウなら言うのか？」

「いや、俺は色恋沙汰には興味がない」

「本当か？　もしナツキに告白されたらどうするんだ？」

「断る。色恋沙汰には興味ないが、ユウトのことをそんな風に振るなんて、許せん」

「だから、僕のことはいいって」

「それを差し引いても断るさ」

「本当に？」

「本当だ」

僕らの秘密の会話はそこで終わった。

僕らは黙って教室に戻った。

部活動のない僕が、皆が部活をするのを眼下に眺めながら、教室で日が暮れていくのを待つのは、それなりに苦痛を伴う行為だった。

だけど待つことは、これまでも何度もあった。リセットして、タイミングを見計らってベストの手を繰り出す。そのために待つことは仕方がない。

今回も同じだった。

チャイムが鳴り、部活の皆の帰り支度が始まる。たぶんもうすぐナツキとシュウは帰り道が一緒になり、ナツキはシュウに告白する。そして、僕の画策がちゃんと効果を発揮すれば……。

僕は一階の、校門が見える教室に移動した。カーテンを閉めて、その隙間から外の様子をうかがう。シュウとナツキが一緒に歩いているのが見えた。その後を追うために教室を出た。

少し距離を置いて二人の後をつける。学校から5分ほど歩いたところで、ナツキが立ち止まる。シュウが振り返る。何かを話している。

バシィッ！

いきなりナツキがシュウをビンタした。

この時の僕の気持ちを分かってもらえるだろうか。計算通り。目的達成。ナツキには申し訳ないけれど、これも完璧な人生のためだ。

ナツキは泣きながら走り去る。僕は遠くからその背中を見送った。

大丈夫、ナツキなら、明日になれば元気になるだろう。僕を振った時みたいに、いつもと変わらない調子で、挨拶をしてくれるだろう。

僕はシュウが自宅の方向に向かって歩き出すのを見届けて、その場を去った。

その夜、ナツキは殺された。

◆

始業のベルに続いて、校内放送が流れた。全校生徒は体育館に緊急に集められた。

朝礼と同じように、全校生徒が列を作る。まだ最後尾の辺りが尻尾のようにふらふらと動いているのに、校長先生が演台に上がった。

「残念なお知らせをしなければなりません。既に知っている生徒もいるかと思いますが、1年B組の杉田ナツキさんが昨夜お亡くなりになりました。杉田さんは帰宅途中に事件に巻き込まれました。犯人は今朝の時点で警察に身柄を拘束されており、同様の事件が繰り返されることはないものとは思います。しかし皆さん、夜間に一人で暗い道を歩いて帰る場合には、くれぐれも注意してください。なお、この事件は既にマスコミにも伝わっています。取材などには決して対応しないでください。お亡くなりになった杉田さんのことを考え、不用意な発言は絶対にしないよう心がけてください」

体育館は、しんと静まりかえっていた。

教室に戻った僕らは、いつもの騒々しさはどこにいったのか、皆黙り込んでいた。やがて、女子が一人、二人と泣き始める。それを慰める女子も現れる。

僕もシュウも何も言わず、泣くこともなく、ただ呆然と教室の天井近くに目の焦点を合わせていた。

教室の後ろに集まっていた男子の中から、

「犯人は変質者らしいじゃん。ってことは、イタズラされたんじゃねーの?」

という小さな声がした。僕は思わず声の主に飛びかかろうとして、シュウに押さえ付けられた。

だけどその直後に、ナツキと仲の良かった女子が、声の主の男子に歩みより、全身の力を込めて平手打ちをくらわせた、それでクラスの中の空気はなんとか収まった。彼女の平手打ちがなかったら、僕はこの汚れたクラスの空気が我慢できずに飛び出していただろう。

　その日のホームルームで、弔問(ちょうもん)に行く人を決めることになった。

　クラス全員は遠慮して欲しいとの遺族からの意向があって、クラスを代表して委員長と僕とシュウが行くことになった。中学から付き合いがある僕とシュウについては、クラスからの反対は出なかったし、僕ら自身もクラスとは関係なく行くつもりだった。


　お通夜はその夜だった。

　途中のコンビニの前でシュウと待ち合わせて、二人でナツキの家に向かった。中学時代にナツキの家で勉強会をやろうとして拒否されたのに、こんな形で僕とシュウが連れだって行くことになるなんて分からないものだ。

　ナツキの家はごく一般的な一戸建てで、玄関には「杉田家」と書かれた白黒の紙が掲げられていた。

　人の気配はほとんどなかった。先生に聞いたところ「仮通夜」というもので、親族と近しい人だけが顔を出すらしい。

　居間にはナツキがいた。死装束に、顔には布がかけられたままで、首のところに何故かファーが巻かれていた。

部屋にいた親戚らしい人たちが、小さな声で司法解剖がどうのこうのと喋っていた。

ナツキの顔を見ることはできなかった。死化粧という言葉を聞いたことがあるけれど、彼女は今化粧をしているのだろうか。目立つポジションのわりに派手なことをしない彼女は、メイクらしいメイクをしたことがなかったと思う。僕の記憶にある限りは。

僕はただ、ナツキの母親に頭を下げることしかできなかった。

家を出たところで、シュウが言った。

「俺は、お前に言わなければならないことがある」

「言うな！」

「ナツキが死んだのは、俺のせいだ」

「言うな！　違う！　違うんだ！」

「違わない。俺が昨日……」

「言うな！」

その続きを言わないでくれ。シュウの考えていることも、シュウが言おうとしたことも、僕は全部分かっている。分かっているから、違うと言える。

悪いのは、僕だ。

ナツキを殺したのも、僕だ。

何でだ、どうしてだ、どうしてこんなことになるんだ。僕はこんなことがしたかったんじゃない。こんなこと望んでいない。どうしてこんな罰が、ナツキに下されるんだ。

それとも、これは僕に対しての罰なのか。

こんなの、可能性のひとつとしてですら、あってはならない。僕はこんな世界は認めない。こんな世界が存在することを認めたくない。

だって、そうだろ？　ナツキは何も悪いことをしていない。彼女が苦しい思いをする理由はどこにもないじゃないか。

彼女のせいじゃない。全部僕のせいなんだ。

僕が自分のエゴのためにリセットしたから、こんなことになったんだ。

救わなくちゃ。ナツキを救わなくちゃ。

因果関係を壊し、原因を断ち切らなくちゃ。

僕ならできる。

いいや、僕にしかできないことだ。

ナツキ、ナツキ、ナツキ、ナツキ。

僕は叫ぼうとして、喉がカラカラに乾いて声すら出せず、バッグの中からリセットボタンを取り出して、全力を込めて押した。

——リセット。

呼びかけている僕の目に、泣きながら走り去るナツキの姿が見えた。

放課後の帰り道。部活が終わったシュウとナツキが並んで歩き、ナツキが告白してシュウが断った、その直後だ。

僕は走り出す。ナツキに追いついて、彼女を救い出さなくては。

シュウの横を通り過ぎた時、彼は僕を見て驚いた顔をしていた。

シュウは僕に向かって何かを言っていたみたいだけど、聞こえなかった。

ナツキを必死に追ってはみたけれど、運動部で普段からランニングをしている彼女と、ろくに体を動かしていない僕とでは、走る速度が全然違う。あっという間に、彼女を見失った。

幸いなことに、彼女の家は知っているので(彼女自身のお通夜で、ついさっき行ったばかりだ)、おおよその帰宅経路には見当がついた。

追いつけなくても、せめて彼女が被害に合う前に間に合えばと思い、僕はペースを緩めることなくアスファルトを蹴った。

途中、公園に差し掛かった時、何かが倒れるような音と小さな悲鳴を聞いた気がした。

ナツキだ！

「ナツキ！　どこだ！」

その公園はY字路の股の部分に作られた三角形の公園で、周囲を木立に囲まれて、陰になっている場所も多い。

僕は背の低い植樹をかき分けるようにして、公園の中に入った。

どこだ……どこにいる。

ベンチの裏に男の姿が見えた。

さらに押し倒されているナツキの姿も！

男はボサボサの髪で、汚れたYシャツとスラックス姿だった。行き場を失い、この公園で寝泊まりしているホームレスのようだった。

「このやろう！」

僕はベンチの裏側に飛び込んで、その汚い男の背中にのしかかった。男は身をよじり、僕の脇腹に肘を打ち込んできた。びっくりするくらい速い反応だった。

男に押さえつけられていたナツキが、逃げようとしてもがく。

「ナツキ、逃げるんだ！」

叫んだ僕の顔面に、男のパンチが入る。首ががくんと後ろに持っていかれるが、こらえて、逆に反動を使って頭突きを喰らわせた。

男はひるまなかった。目を血走らせて、僕の首を絞めようとする。僕は男の腕に爪をたてた。痛がった男の手が外れた瞬間を突いて、足にしがみついた。

男の膝が僕の顎を蹴り上げる。むせる。男の足が、僕の腹を蹴った。何度も何度も蹴った。

耐えられずに地面に転がる。そこを狙って、何度も男の蹴りが腹に入る。

苦しい、動けない。駄目だ。駄目だ。駄目……じゃない、ナツキを助けなくちゃ。

次の蹴りは顔面に入った。視界が真っ暗になる。目が見えない。鼻が痛い。顔の半分によだれに混じって、生温かいものが流れる。鼻血か。

体を起こそうとするけれど、起き上がれない。片目だけを辛うじて開こうとする。

男は逃げかけていたナツキに再び覆い被さった。

ナツキの悲鳴。

制服のブラウスのボタンが引きちぎられる音。

僕は土を掴む。肘で体を支えようとして、崩れ落ちる。

何もできない。せっかくリセットしたのに、ナツキを救うことができない。
非力だ。無力だ。無意味だ。
僕は背中の辺りに落ちているはずのバッグに手を入れ、中をまさぐる。
どこだ。どこだ。
ナツキの声が、声が……。
ボタンはどこだ。見つからない。バッグに入っているはずなのに。
もしボタンを忘れてきていたら……そんなこと考えるな。
僕が今できることは、ボタンを押すこと——リセットすることだ。
ナツキの悲鳴が！　悲鳴が！
ボタンが……あった！
僕は力いっぱいに、それを押した。間に合え！
——リセット。

昼休みに戻った。
たぶん間に合ったと思う。
間に合わなかったとしたら……そんなこと、考えたくもない。
リセットボタンがあって、本当によかったと思うけれど、本番はこれからだ。

昼休みに、僕はシュウを連れ出した。

「あのさ」

「何だ」

「どうせいつかは話そうと思っていたんだ。今日たまたまその気になったんだけどさ」

「だから、何だ」

「僕は、中学卒業前に、ナツキに告白したんだ。だけど、断られた」

「断られた？　どうしてだ。ユウトとナツキは、仲いいじゃないか」

「友達と彼氏とは違うんだろうな。付き合うなんて考えられないんだって」

「納得いかん」

「まあ、ちょっと待って、僕の話を聞いて欲しいんだ。僕は今はナツキのことを大切な友達だと思っている。シュウのことも、大切な友達と思っている。これについては、男女の違いなんかない。二人共同じくらい大切な親友だ。シュウはナツキのことを友達だと思ってないか？」

「思っている。女子にしては珍しく、あいつはいい友達だ」

「だよね。やっぱりシュウはそういう奴だ。僕はナツキに告白して、振られた。僕は今でも彼女のことを特別に思っているよ。女子として特別なのかもしれないけれど、それ以上に、友人として特別だ」

「ああ、分かる」

「分かってもらえると思った。僕はシュウとも、ナツキとも、同じように特別な友達関係を続けたい。シュウはどう思う？」

「俺もだ。ナツキともユウトとも、友達でいたいと思ってる」

「安心した」

「変な奴だな。なんでいきなり、そんな青春ドラマみたいなことを言い出すんだ」

「いいじゃないか、こういうのがあっても」

「構わんが……やっぱり変な奴だ」

僕らの秘密の会話はそこで終わった。

僕らは黙って教室に戻った。


そして迎える放課後。

例によって、教室で時間をつぶして、二人の下校時間を待った。

シュウとナツキが一緒に歩いているのを確認して、後を追った。

道路の先のほうに、ナツキとシュウが向かい合っているのが見えた。ナツキは手を差し出し、シュウは握手をする。

僕は偶然その場所を目撃したかのような振りをして、近付いていった。

「どうした？」

ナツキは泣いていた。正確には涙を流しながら、顔は笑っていた。

「ちょっとね、友情の確認」

「恥ずかしいことを言うな」

「恥ずかしいことなんてないじゃないか、シュウ。友情を確認したんだろ？」

「繰り返すな」

「ユウト、私とも友達でいてくれるよね？」

「ん？　突然どうしたんだよ。そんなん、当然じゃん」

「よかった。シュウとも、ユウトとも友達。うん、それでいい」

「変なナツキ」

「だな」

「なによー」

ナツキが僕とシュウの胸を拳で叩く。僕もナツキの背中を叩く。

三人友達、これからも友達。

そういう結論が、いいと思う。だって僕らは実際友達なんだから。そのバランスを崩す必要もないし、崩したくもない。……だって崩したら確実に僕の不利になる。

僕ら三人は一緒に歩き出し、途中のコンビニで高いカップアイスを奮発して買った。まるで何かの記念のように。そして他愛もない話をしていつも通り家へと帰った。

人生リセットボタンがあれば、どうにでもなる。

試合に勝つ以前に、負ける試合には臨まないようにすることもできる。試合そのものをなくしてしまうこともできる。

そんな人生、駄目だって？

――いいじゃないか。

ほんの小さなトライ・アンド・エラーを想像してみよう。飲み終えたジュースの空き缶を、ゴミ箱に投げて入れるようなことだ。

投げて入らなかったらリセット。入ったらそこで終わり。こうすれば、必ず空き缶を命中できる人生になる。

だけど、リセットを繰り返しているうちに、投げる腕も上がっていくので、命中率は徐々に高くなる。実際、最近の僕ときたら、空き缶を投げてゴミ箱に命中させる腕前は相当のものだ。

リセットする度に、僕の人生は完璧になる。同時に僕という中身も完璧になる。僕の人生は何度もリセットを繰り返し、重ね合わさって作られる。重ね合わさって重くなり、背中にのしかかる。

ああ、耳鳴りがする。頭の上から押し付けられているような感覚と一緒に、耳鳴りがつきまとう。

もやもやとする。

ぐるぐるとする。

頭の上からの圧力は、耳鳴りになってジンジンと響き、胸の奥のほうを圧迫する。

僕はどうなってしまうのだろう。

◆

それから数日たった土曜日のことだ。僕とシュウはナツキの家の近くのコンビニにいた。コンビニの駐車場にあるコンクリート製プランターに座り、買ったばかりの漫画雑誌をぱらぱらとめくっていた。

ナツキを呼び出そうかなんてことを話してもいたけれど、ちょうど読んでいた青年マンガが足並み揃えたようにエッチなシーンが満載で、もしこの漫画をナツキに見られたらと思うと……呼ぶのはやめようという結論に至った。そもそもこういうのは男だけで楽しむものであって、なんでも三人で一緒、というのもね。

そんな時、コンビニの中からお婆さんが出てきた。

腰が曲がっているわりに、やけに早足でお婆さんは歩いていき、横断歩道にさしかかる。信号は赤だったけれど、車が近付く様子がなかったため、お婆さんは横断歩道を渡ろうとする。

その時、住宅の塀が死角になって、見通しが悪い反対車線から猛スピードでバイクが飛び出して来た。

バイクはスピードを落とすことなく、そのままお婆さんを跳ね飛ばした。

ガツッ！　ものすごい音がした。

急ブレーキをかけたバイクは、跳ねた場所から10メートル以上離れたところでようやく止まった。跳ねられたお婆さんが、放物線と呼ぶにはいびつな軌跡でコンビニの駐車場に背中から落下する。

あ、背中が伸びた。

不謹慎なことを考えると同時に、僕は正気に返りバッグの中に手を入れて躊躇なくボタンを押した。

——リセット。


コンビニからお婆さんが出てきて、まっすぐに横断歩道に向かおうとする。僕は漫画雑誌を下に置き、走ってお婆さんの進行方向に割り込んだ。

「信号、赤ですよ」

「何だい、あんた。車は来てないだろ？」

「いいから、待ってくださいよ」

「車が来なけりゃどうってことないだろ」

僕はお婆さんの体の正面で両手を広げて止めるような仕草をした。

「どきな、邪魔すんな！」

「待ってくださいって！」

ブルンという大きな排気音に続き、押し合っていた僕らの背後を猛スピードでバイクが通り過ぎて行った。

「ほら、危なかったでしょう」

「何がだい。あんなの避けられたに決まってる。あんたのせいで、時間が無駄になっちまった」

まいった。人助けをしたつもりだったんだけどなあ。

僕が困っていると、シュウが助けに入ってくれた。

「お婆さん、老いては子に従えと言うじゃないですか」

「何だい、あんたは。……おや」

シュウのほうを振り向いたお婆さんが、声のトーンを変えた。

「男前だね、あんた。あたしの死んだじいちゃんにそっくりだよ。まあいいさ。男前のあんたに免じて許してやるよ」

お婆さんは、曲がった腰と早足で、今度はちゃんと青になっている横断歩道を渡って行った。

シュウがぽつりと、

「俺は褒められたのか？　どうなんだ？」

「さあ。でも助かったよ」

僕らはプランターのところに戻り、置きっぱなしにしていた雑誌をバッグに入れて歩き出した。

シュウが真剣な顔をして聞いた。

「なあ、ユウト。俺は前から不思議なことがある」

「なに？」

「お前はどうして、そんなに完璧なんだ」

「な、何言ってるんだ。僕のどこが完璧なんだよ。……そりゃ、完璧になりたいってことは、シュウには言っているけどさ」

「俺から見ると、お前は十分完璧に見える。この前の体育の授業のソフトボール。お前の制球は完璧だった。野球部にスカウトしたいくらいだ」

「それはゴミ投げで鍛えているから……」

「さっきだってそうだ。どうして、あの老人が危険だと分かった？」

「どうしてって……どう見ても危なかっただろ」

「バイクが飛び出す前に、お前は老人に突っかかっていた。でもあそこの道路は塀が死角になっていて、バイクが来るのは見えなかったはずだ。それらしい音もしなかったしな」

シュウはストレートに質問をしてくる。さすがに今のは不自然だったよな。

僕は迷った。シュウになら正直に答えてもいいんじゃないかという気がしてきた。

言ってみるか。

「シュウは、人生をリセットすることができたら、どう思う？」

「リセットってのは、最初からやり直しか？」

「そうじゃなくて好きな日に戻ることができるんだ」

「それはすごいことだな……」

そう言ったシュウは、何か色々なことを考えているようだった。

「実は僕は……それができる。好きな時に戻れるリセットボタンを持っているんだ」

「はあ？　バカバカしい」

僕はシュウに本当かどうかを証明することはできないけれど、今までしてきたことを説明した。理屈とか仕組みとかのレベルでシュウが納得したとは思えなかったけれど、僕が本気で言っているということは分かってくれたようだ。

「……その力、貴重だな」

「うん、そう思うよ」

それっきり、シュウは何も言わなかったが、本当のところどう思っているかは分からなかった。

夕食が喉を通らない。

風呂にも入りたくない。

親がごちゃごちゃ言っているけれど、無視して部屋にこもる。ベッドの上で、布団をかぶって丸くなる。

――失敗した。

失敗した。失敗した。

布団の中で髪の毛をかきむしり、さらに背中を縮込める。

僕は話してはいけない秘密を話してしまったんだ。リセットボタンのことは、誰にも話してはいけなかったんだ。きっとそうだ。

マキちゃん！　マキちゃん、見ているんだろう？　警告してくれたっていいじゃないか！

それとも、何の警告も予告もなしに、僕に天罰が下るってことなのか。

天罰がないにしても、僕はもう駄目だ。シュウはきっと、僕のことを軽蔑するだろう。あいつはそうだ。裏技を使ってゲームをクリアしたら、「それは男らしくない」と散々言われたことがあった。

シュウはそういう男だ。

男の中の男だ。

それに比べて僕は何だ。卑怯な男だ。

シーツをひっかいて、くしゃくしゃにする。枕に突っ伏して、噛みついてみる。

シュウが僕を罵(ののし)ってくれればよかったのに。むしろ羨ましがってくれればよかったのに。

僕のどこが完璧なのか。シュウのほうがよっぽど完璧じゃないか。冷静で動じることなく男らしい。

僕は駄目な男だ。

どうしよう。秘密を漏らした天罰が下るかもしれないし、シュウが僕の友達でなくなってしまうかもしれない。

まずい、これは本当にまずい。

駄目だ駄目だ、こんな人生駄目だ。

僕は駄目な奴だけど、駄目な僕が駄目と思われてしまうなんて、もっと駄目だ。

僕は布団を振り払って飛び起きた。床に転がしておいたバッグに飛びつき、中からボタンを取り出す。

四角い小さな箱に、赤いボタン。箱の側面に、ぐちゃぐちゃになった僕の顔が映り込む。

――リセット。

「シュウは、人生をリセットすることができたら、どう思う？」

「リセットってのは、最初からやり直しか？」

「そうじゃなくて好きな日に戻ることができるんだ」

「それはすごいことだな……」

そう言ったシュウは、何か色々なことを考えているようだった。

間髪入れず僕は言った。

「未来予知もし放題でさ。そんなことがもしできたら夢みたいだよね」

「まず無理だろうな」

「だよね。だから僕がお婆さんを助けたのも、言ってみれば虫の知らせってやつで。勘だよ。勘」

「そうだとしたら、それはそれですごい」

「これも未来予知能力っていうの？　そんなのが本当に僕にはあるのかもしれないよ」

「もしそうだとしたら、イカサマだな」

そんなことを笑って言い合いながら僕らは帰路についた。

――あれ？

僕は、リセットボタンのことをシュウに話して後悔したけれど、心のどこかでは安心していたように思う。友達と秘密を共有できることが単純に嬉しかったんだと思う。

そして恐ろしさも感じた。

例えば、シュウもマキちゃんからリセットボタンをもらって、リセットできるようにしてもらったとする。そうなると、僕がリセットするタイミング、シュウがリセットするタイミングがずれたら、どうなるのだろう。戻る場所が違ったら、僕らは一生再会できなくなるんじゃないだろうか。

科学雑誌に載っていた、並行世界という単語を思い出す。

もしかして僕は、とてつもなく孤独なんじゃないだろうか。

だけど悩んでも、僕は結局リセットし続けるだろう。

◆

僕の放課後は、わりと暇だ。

ナツキもシュウも、平日は部活に邁進(まいしん)しているから、僕は一人で家に帰る。帰宅部というのは帰宅しなければならないのかもしれないが、僕は積極的に帰宅部の活動をしたいということもなかったので、まっすぐに帰宅せずに街中をふらふらと歩くことがあった。

僕の寄り道コースは、本屋と中古ゲーム屋だった。ゲームセンターみたいな場所には寄らない。ゲームセンターに行っても子供がやる景品取りゲームか、通信対戦のゲームばかりをやってしまう。せっかくコンピューターがあるのに、どうして人間と対戦しないといけないのだ。人間と対戦したければ、将棋でもやっていればいいんだ。これは別に、以前対戦ゲームでぼこぼこにされて悔しい思いをした時に、向かいの台から眼鏡の小学生がニヤニヤして立ち上がったのに腹が立ったとかそういう理由では断じてない。そんなに器が小さいわけないじゃないか。

今日も同じようなコースを回ってから、ファミレスに入った。ファーストフードは中高生が多くてやかましいし、普通の喫茶店に入るのは敷居が高くて抵抗がある。ファミレスなら、夕方であればそれほど混雑していないし、ドリンクバーで飲み放題というのがいい。

とりわけ、コーヒー以外の甘い飲み物を頼んでも恥ずかしくないのが嬉しい。だけど、今日入ったファミレスは少々雰囲気が違っていた。入口で「禁煙席で」と言った時点で、騒がしいことには気付いてはいたが、その原因はすぐに分かった。

「ユウトじゃん!」

合格発表の時に僕に声をかけてきたリサという1年生だ。髪の毛が金色になっていた。自由な学校にしてもほどがあると思う。

「お、おう」

「どうしたん？　はっはーん、さては帰宅部だな」

「放っておいてくれよ。それに帰宅部の活動しているわけじゃないし」

「まだ帰宅してないって？　やっぱり面白いね、キミ」

それはこっちが言いたいことだ。不思議とリサが相手だと、軽口がポンポンと飛び出してくる。

「そっちだって何してんだよ」

「部活。ファミレスでミーティングしてんのよ。あ、そうだ、これから先輩の家でパーティーがあるんだけど、ユウトも来ない？」

リサみたいな相手だから、ついつい誘いに乗ってしまったのかもしれないし、ナツキとシュウが部活に夢中なので、置いてけぼりにされたような気になっていたからなのかもしれない。

「いいけど」

「じゃ行こ。きっと楽しいよ」

ファミレスの中に集まっていた集団が会計を済ませるのを待ち、僕は彼らと連れだって外に出た。道すがら、リサがわざとらしく手を繋ごうとしたので、適当に振り払っておいた。

集団が辿り着いたのは、駅近の高層マンション。18階というのは最上階でこそないものの、相当の金持ちじゃないと住めなさそうな雰囲気が漂っていた。

実際、そのマンションは豪華で広々としていた。この4LDKってのは、家族で住むにしても広いんじゃないだろうか。ただ、家族がいるとは到底思えない汚れっぷりだったが。

「先輩の親ね、海外赴任中なの。ちょっと格好よくない？ そんで、部活の皆でたまに集まるのよ」

「もう少し掃除をしたほうがいいんじゃないか」

「うん。そういうのは、ゴミとか溜まった時に、業者を雇うんだって」

「はあ」

僕の感覚とは、随分かけ離れた世界みたいだ。そういうのって、高いんじゃないのだろうか。

パーティーと言っていたこの会場では、確かにパーティーらしきものが始まっていた。冷蔵庫のほとんどを占めるドリンク類に大量のスナック菓子。金持ちのくせに、食べるものは安っぽいんだなと余計なことを考えてしまう。

やばい、と思い始めたのは、アルコールが出てきたあたりからだった。

会場に酒らしきボトルが回るのを誰も不思議がらずに見ている。グラスにお酒とジュースを混ぜてなんとはなしに皆飲み始めた。

リサもお酒を飲んでいた。強くないのか、あっという間に顔が真っ赤になって、先輩男子の間をあっちこっちフラフラと歩いている。

やばい、これは、やばい。

僕はどうしてここにいるのだろう。このままでは、完璧な僕の人生に傷が付いてしまう。

「ユウトくんも飲んだらどうだい？」

茶髪でピアスのチャラそうな先輩が話しかけてきたのを、僕は無視した。先輩だろうが、知ったことか。

リサがひときわイケメンの先輩とキスをしていた。

驚いて、二度見した。

やはり、リサがひときわイケメンの先輩と濃厚にキスをしていた。

ぐでんぐでんに酔ったリサが、先輩と激しい接吻(せっぷん)を交わす様は、艶(なま)めかしいのを通り越して、ただ汚くていやらしいだけに見えた。

なんだろう、どうなっているのだろう。

キーンという耳鳴りがする。ぐわんぐわんと目眩(めまい)がする。心臓が喉の奥のほうまで引っ張り上げられたみたいに苦しい。呼吸のリズムがおかしくなってくる。

僕は、こんな、だっただろうか。

リサがあぶなっかしい足取りで、僕のところにやってきた。

「ねえ、ユウトぉ。キスしよ」

「ねえ、ねえ」

嫌だ！　嫌だ！

汚い！　汚い！

お前なんか、あっちに行け！

こんなところにいても汚れるだけだ。僕は完璧で潔癖でいたいんだ。

バッグに飛びつき、中身をまさぐり、ボタンを探り当てて力を込めた。

——リセット。


僕は、この日の放課後の出来事を、なかったことにした。

その後、二度とリサと口を利くことはなかった。

第4章 午前5時始発の終着点

高校に入って、最初の中間テストが近付いてきた。

「また一緒に勉強しようよ」

ナツキが言い出して、シュウもそれに乗っかった。

場所はと言えば、高校近くの公立図書館。美術館も併設している公園の中にあって、本館に次いで大きい建物だ。

僕ら三人は、テスト前の部活休止期間（この時ばかりは、選ばれたエリート部活も休みだ）に、授業が終わるとダッシュで図書館に走り、自習室の鍵をゲットした。個室の自習室は数が限られていて、先着順なので、この鍵のゲットは運動部であるシュウかナツキのミッションだった。

かくして僕らは、四人テーブルの個室を手に入れた。入り口から見て右側が僕とシュウ、左側にナツキというのが、なんとなく決まった席順だ。

僕らの勉強は、それなりにはかどったと思う。考えてみれば、ナツキに誘われたことをきっかけにして、高校受験の時からこの三人で勉強していたから、高校に入ってからも三人で勉強を続けることに何の違和感もなかった。

部活休止期間は1週間あって、その間の放課後は、毎日図書館で勉強をしていたけれど、そのうちの1日だけナツキが帰ったことがあった。病院に行くのだとか。

「珍しいよね。健康優良児なのに」

「女は色々あるんだろう」

「妊娠でもしたかな」

「ユウト、お前まさか身に覚えがあるのか？」

「あ、あるわけないだろ！　シュウこそ」

「ないに決まってる！」

「だよね。じゃあ、例えば他の奴とか……」

そこまで言って僕は黙り込む。可能性はないこともない。男女共学の高校生活なんだから、僕やシュウ以外にも男子はたくさんいる。女子バレー部といえども、男子バレー部もあるわけで、部活の先輩という線もなくはない。女性の心は移ろいやすいと言うからね。

シュウも同じようなことを考えていたのか、しばらく僕らは黙ったままだった。

「……なんかやだな」

「ああ」

僕がぽつりと言ったのを、シュウも肯定した。

正直に言えば、もしナツキが僕かシュウ以外の男と付き合ったりしたら、裏切られたって思うだろう。自分勝手なことは承知しているし、馬鹿な考えだと自嘲（じちょう）はするのだけれど。

ぼんやりしていたら、指の間に挟んで回転させようとしたシャーペンを床に落してしまった。そういえば、最近よく物を落とす気がするし、耳鳴りが続いているな。

なんとなくその日の勉強は、身が入らなかった。

中間テストが終わり、僕らは久しぶりに三人でのんびりと一緒に帰った。

「ユウト、今日はどこか寄っていくか？」

「ごめん、僕、今日は病院に行こうと思って」

「なあに、ユウト、妊娠でもしたの？」

「ばーか」

ナツキがいない時に、僕とシュウがしていた会話を彼女は知らない。僕やシュウの気持ちも、彼女はどこまで知っているのだろう。

二人と別れて家に帰り、保険証を持って近所の耳鼻科に向かった。

「耳鳴りは、いつからですか？」

「高校に入ったくらいから、だと思います」

「今、高校1年生？」

「はい」

「じゃあ3カ月くらいですか。長いですね。ずっと鳴っている感じ？」

「はい。時々、鳴っていることに気付くんですけれど、気付いた時にはいつも、もしかしたらずっと鳴っていたんじゃないかって気になります」

「ふむ……」

耳鼻科の先生はしばらく考えてから、ゆっくりと口を開いた。

「耳鳴りってのは、色々な可能性があるのですよ。それこそ、肩こりからくる耳鳴りもあるし、脳の重い病気の予兆の場合もある。気になるのなら、大学病院で精密検査を受けたほうがいいですね」

1週間後、僕は午前中の授業を休んで病院に出掛けた。大学病院で検査と聞いて、両親はひどく心配していたけれど、元気だから大丈夫だと言い一人で家を出た。実際、元気だったし。

受付を済ませて、放射線科に行くように言われた。

検査室で金属の上に紙のようなシートを敷いただけのベッドに横になった。頭上からトンネル状のものが移動してきて、ガンガンとものすごい大きな音がした。これで頭の断面を撮るのか。

こんな音楽を兄さんが聞いてたな。たしかエイフェックスなんとか……。

「動かないで」

マイクごしに声がして、僕は改めて上を見た。

20分ほどして、音がやんだ。

その後、診察室へ向かう階段を上っている途中で、見慣れた姿を見た気がした。後ろ姿だけだったけれど……、あれはナツキだ。彼女がどうして大学病院に？

シュウと冗談で話した産婦人科？　というのが、もしかしたらという疑惑に変わる。案内板を見ると、内科・小児科・産科・婦人科。内科ってのは風邪の時に行くところだよな。風邪ならわざわざ大学病院には来ないだろう。となると……？

考え過ぎか。いや、でもナツキだった。どうやって話しかければいい？

診察室のドアを開けたら、世界がモノクロに変わった。

また、あの世界だ。

椅子の上に、白衣の女医が座っている。

「えへへ、どう？　似合ってる？　マキちゃん先生だよ？」

「いやいやいやいや、おかしいって。マキちゃんが女医ってのは、おかしいって」

「別にコスプレで白衣着てるわけじゃないんだよ。わたしはユウトにとってお医者さんみたいなものだから。手助けをするわけだからさ」

「だとしてもいつも通りでいいじゃないか。別に白衣なんて着る必要ないし、なに眼鏡までかけちゃってんだよ」

マキちゃんはこれみよがしに眼鏡の真ん中をクイッ、と指で押し上げた。

「物事は形から入らないと。せっかく診察室なんだしさ。はい座って座って。これから検査結果を説明しますからねー」

先生になりきっているのか、言い方が少し大人ぶっている。

「釈然としないなあ……」

僕は渋々言われた通りにした。マキちゃんの前の小さな丸椅子に座る。

マキちゃんは、机の上のコンピューターの画面に、人間の頭の断面図を表示させた。画面上に「橋立ユウト」という、僕の名前が見てとれる。MRIの写真は元からモノクロなので、モノクロの世界でも違和感がなかった。

「人間の脳って、基本的には忘れることができないの。忘れたと思っていても、それは見つからないだけで、記憶はあるのね。だから人が記憶できる量は決まっているの。でも、ユウトは何度もリセットすることで、他の人よりも多くの時間を生きて、その分たくさん記憶してるわけ。それがあまりにも一気に、急激に増え過ぎて、過去の記憶を間引いてもまだ間に合わなくて、ここが――」

マキちゃんは画面に映った僕の脳の中心部分を丸く指でなぞる。なんだか頭の中を掻き回されてるような気がして首の後ろがムズムズした。

「この部分、海馬が萎縮(いしゅく)し始めてる」

「萎縮？　小さくなっているってこと？」

「うん。海馬は記憶を司る場所だから、ここが萎縮してるということは、記憶力が落ちてるはずなんだけど。過去の記憶だけじゃなくてさ、最近リセットを繰り返した時のことも忘れたりしてない？」

「忘れているような気もするし、覚えているような気もするよ」

「そっかー……」

マキちゃんは顎に手を当てて考え込むようなそぶりだ。本当に考えているのか、女医さんっぽく振る舞おうとしてそういう真似をしているのか判断がつかない。

「じゃあこれ以上ボタンを使うのは、危険かもね」

マキちゃん先生は言った。

「……それって、ボタンが使えなくなるってこと？」

今取り上げられるのは困る。だって、僕の完璧で潔癖な人生設計に、もうボタンは欠かせないのだ。

「使えなくはならないけど……」

「困る！　それは困るよ！　ダメなんだよ！　ボタンがなくちゃ……」

「でも、使えば使うほど、海馬は衰えていくよ？　それでもユウトはリセットするの？　リセットすることを強く望むの？」

リセットを繰り返せば、脳が衰えていく。

衰えた先は、どうなるのだろう。

死、だろうか。

想像して、僕はそら恐ろしくなる。

脳が衰えて死んでしまうというのは、代償としてはあまりに大きい。だけどリセットには、それを補って余りあるだけの力がある。もはや僕の生存戦略の一部になってしまっている。

ここでマキちゃんに「やめる」と答えたら、すべてがなかったことになるのだろうか。

その場合、僕は、あの、糞尿まみれの教室へと引き戻されるのだろうか。完璧からはほど遠い人生を送り直すことになるのだろうか。

そんなのは嫌だ！

「強い、願いね」

マキちゃんの声に顔を上げたら、同時に世界に色が戻った。僕の目の前の机には、白衣の男性医師が座っている。

医師は僕の顔を見て言った。

「画像を見ながら説明します」

「え？　……あ、はい」

机の上のコンピューターに、再びＭＲＩ画像が表示されるが、それはさっきマキちゃんに見せてもらったものとは違うように見えた。

「ここが大脳、ここが小脳、ここが脳幹で、内側の部分が海馬と言います。例えば頭の中の血管が切れて出血していたりすると影が映るんだけど、そういうのはないですね。いたって健康に見えます」

「あの……海馬が縮んでいたりってことは」

「海馬が？　パーキンソン病みたいなものでしょうか。そういうことはないと思いますけどね……。何か思い当たることでも？　手が震えるとか」

「いえ、……あ」

シャーペンを回そうとして落としたことを思い出す。あれは、震えだったのだろうか。

「何か」

「いえ、何でもないです」

気のせいだと思うことにしよう。

僕はどうせ、リセットを続けないことには、何もできないんだ。

◆

期末試験も無事に三人で乗り切り、嬉しい夏休みに入った。

僕の耳鳴りはまだ続いていた。結局、マキちゃんが言っていた「海馬の萎縮」が本当なのかは、分からないままだ。

ただ確実に、現実に、耳鳴りは続いている。気のせいか、指の震えが頻発するようになっている気もする。

夏休みに入ってすぐに、僕は再度大学病院を尋ねた。

「耳鳴りがまだ続いているんですか。脳には異常は診られないのですが……。心因性のものかも分かりませんので、心療内科を紹介しましょうか」

「しんりょうないか？」

「心の問題が原因で、内科的な症状が出る場合があります。そういう病気はまとめて内科で診察するのが普通になっていまして。うちは独立した心療内科がないので、内科の一部のドクターが兼任しているんですけど」

「はあ。そこに行けば耳鳴りも治りますか？」

「治る治らないはあまり過度に期待しないほうがいいかもしれません。原因が分からない患者さんの駆け込み寺みたいなところですので」

医師は直接内科に電話をかけて、その場で予約をとってくれた。この後すぐに診てもらえるらしい。

僕は内科にいそいそと向かった。

「橋立さん。5番にどうぞ」

立ち上がったら、ちょうどその5番の診察室から出てきた人と目が合った。

「……ナツキ？」

「ユ、ユウトッ？」

ナツキは身を翻して元いた部屋に逃げ込もうとする。僕はそれを追った。どうせ自分が呼ばれた部屋だったし、以前病院で見かけたナツキの姿が心のどこかで気になっていたからだ。

診察室に入ると、ナツキは座っている老齢の医師の後ろに逃げようとする。彼女に手を伸ばそうとしたところをその医師に遮られた。

「静かに。何の騒ぎだ。杉田さん、この少年は？」

「……友達です」

「杉田さんの友達が、どうしてここにいるんですか？」

「橋立ユウトです。……名前を呼ばれたので」

「ん？　……ああ、次の患者さんか」

医師はカルテに視線を投げて納得したようだった。僕はすかさず聞いた。

「先生、ナツキは病気なんですか？」

「病院に来ているのだから、何かしらの症状があるのだろう。だが、患者のプライバシーに関わることなので、私の口から言うことはできない」

「先生、いいんです。この人は……友達だから」

ナツキの言葉を聞いて、その医師は困ったような顔をした。

「どうかしましたか」

診察室の後ろのカーテンが開き、白衣を来た男性が姿を見せた。この人も医者だろうか。

「ああ、柿田川先生。この患者さんの友達だそうだよ」

柿田川と呼ばれた先生は、30歳くらいだろうか。精悍な顔付きをしていて、いかにも格好いいスポーツが似合いそうなタイプだった。

「友達？　もしかして、この少年も？」

「いや、違うようだ。本来のうちの患者だな」

「あの……先生。ユウトに話してもいいでしょうか」

二人の医師が顔を見合わせた。老齢の医師が頷いて、椅子から立ち上がる。

「柿田川先生から、説明してあげてください。あなたのほうが専門ですから」

入れ替わりに、柿田川先生がその椅子に座った。

「分かりました。杉田さんも、ええと……橋立くんも、ひとまずそこに座って下さい。ん？　……橋立……ユウトくん？」

「はい」

「もしかして、君にはお兄さんがいますか？」

「はい。大学生ですが」

「甲華大学？」

「はい。去年入学しました」

「そうですか。僕は甲華大学で准教授をしています。柿田川ユズルといいます。その……君のお兄さんはもしかして橋立タイシくんですか？」

「兄さんをご存知なんですか！」

「彼のことは、よく知っています」

完璧で潔癖な兄さんを知っている大学の先生だって！

僕は立ち上がりそうになった。大学に入ったばかりの兄さんが、准教授に覚えられているってのは、すごいことなんじゃないかと思った。やっぱり、僕の兄さんだ。

「そのうち、大学での橋立くんの話をする機会もあるでしょう。その話はまた今度。今は、ユウトくんは、杉田さんの病気について知りたい、ということですね？」

僕は頷いた。

「杉田さんはどうですか？　本当に、話しても構わないと？」

ナツキも頷く。

柿田川先生は息を吐いて丁寧に話しだした。

「杉田さんの現在の状況は、ご本人も知っているので隠すことはしませんが、非常に芳しくありません。呼吸器系と消化器系の広範囲に細かな腫瘍ができています」

「えっ」

頭の中が真っ白になった。

「現時点では生体検査ができていないので、悪性腫瘍――いわゆるガンかどうかは分かりません。内視鏡で見る限りは、ガンとは違う種類に見えますが、既存の症例とは違うものと考えています」

「……どういうことですか？」

「診断できない、つまり未知の病気の可能性があります」

何を言っているんだ。

未知？　新発見の病気？　診断できない？

治療方法も全然分からない？ってことなのか。

先生の言っていることを必死に理解しようとするが、かえってわけが分からなくなってきた。

「先生、ナツキは……」

「結論を言うと……」

先生は言い淀む。

ナツキが再び頷くのを見て、口を開いた。

「我々の診断では、余命3カ月と推測しています」

はあ……？

ナツキが死ぬだって。

何を、何を言っているんだ。さっきから。

「でも……、ナツキはこんなに元気じゃないですか！」

先生が説明を続けた。

「血液検査をしても、普通の腫瘍にあるような白血球の増加はみられないし、生理学的にはいたって健康なのですよ。しかし、経過を観察した3カ月の期間、結論としては、あと残り3カ月で消化器系と呼吸器系は機能不全になると推測せざるをえないのです」

「で、でも、先生、それまでに治せる方法が分かるかもしれないんですよね？」

「そのために、僕が甲華大学から来ました。彼女の病気を調べ、研究し、治療方法を必ず見つけます」

なんてことだ。

ナツキは、あと3カ月しか生きられない……。

だけど、この先生が、ナツキの病気を治してくれる。兄さんのことを知っている、この柿田川先生が。

信じていいか？　いや、信じるしかないのか。

本当に、ナツキはあと3カ月しか生きられないのか？　3カ月って言ったら、2学期の半ば、ちょうど年度の半ばくらいだ。高校1年すら終えることができないなんて……。

「ねえユウト」

ナツキが放心状態の僕を見つめる。

「ユウトには話したけれど、他の人には病気のこと、黙っててね。お願い」

他の人とはシュウのことだろう。

話したところでナツキの病気は治りはしない。彼女の望むようにするしか、僕にできることはない。

僕とナツキは、並んで病院を出た。二人とも無言だった。無言のまま、それぞれの家に向かう道にさしかかり、やっぱり無言で別れた。僕が手を振ったら、ナツキも手を振ってくれた、それがせめてもの救いだった。

あれ？　僕の診察はどうなったんだっけ？

◆

医者になろうかと思った。

医者になって、ナツキの病気を治せばいいんじゃないかと思った。

試しに家庭用の医学の本を買ってきて読んでみた。あまりに書いてある分量が多すぎて、これを全部覚えるのは無理だとすぐに悟った。

広く勉強しようとするからいけないんだ。先生は、消化器と呼吸器が悪いと言っていたのだから、そこだけ勉強すればいい。消化器ってのは胃とか腸のことで、呼吸器ってのは気管とか肺のことだ。

大学病院の本屋に行ってみた。

専門ごとに分かれた棚から、消化器と呼吸器なのではないかと思われる本を、題名だけ見て選んで買ってきた。高かった。小遣いを考えると痛い出費だ。

頑張って読んでみた。

結論……さっぱり理解できなかった。

医者ってのは、本当にこんなの全部理解しているのだろうか。

ナツキを助けるにはどうしたらいいんだ。

◆

僕自身の診察は日を改めて行われた。耳鳴りを和らげる薬が出され、1週間おきくらいに通院することになった。

担当の老齢の医師は、ナツキのことには全然触れなかったし、そういうことを聞ける雰囲気でもなかった。柿田川先生が、研究してくれていることを、僕は信じるしかなかった。

診察が終わって、病院内の階段の横にある目立たないベンチに座って休憩しようとしていたところに、階段を下りてきた柿田川先生とちょうど出くわした。

「外来ですか」

「はい。あの……どうでしょうか。ナツキは……」

「杉田さんの具合ですね。いいでしょう、ちょっと一緒に来てください」

柿田川先生の後について階段を上る。てっきり、病室かどこかに行くのかと思ったら、最上階を通り越して屋上へ向かった。

屋上の扉を開けると、夏の熱い空気が壁のように襲ってきた。掻き分けるようにして踏み出して行くと風が頬を撫でていった。残念ながら快晴とはいかなかったが、頭上を遮るものがない空間は気持ちがいい。

「タバコ、いいですかね」

「はあ」

医師がタバコを吸うなんて。ああ、医師で准教授と言っても、完璧なんてことはないんだな、と僕はそういうことを考えてしまっていた。

「タバコ、嫌いでしたか」

「いえ、平気です」

「そういう顔はしていないように見えますよ。橋立くんと同じですね。言葉と顔の表情が一致していないところは」

先生はそう言って、煙を上に向けて吐き出した。

「大学での兄さんは、どういう感じですか？」

「気になりますか」

「家には全然帰ってこないんです」

先生はもう一度、煙を吐いた。

「彼は優秀です。成績もいいし、頭も切れます。……お兄さんを褒められて嬉しいでしょう」

「はい、まあ……」

控えめな返事をしてみたけれど、嬉しいに決まっている。それにしても嫌みな言い方だ。

「僕はね、正直彼が恐いです」

「何故ですか？　先生は、……兄さんのことが嫌いなんですか？」

「嫌いではありません。恐ろしいのです。切れすぎる人間は、時に暴走しかねませんから……」

「兄さんは暴走なんかしません」

先生はゆっくりと煙草を吸い、同じくらいの時間をかけて、煙をゆっくりと吐く。

「君は違うんですか？」

「……僕も暴走はしないと思いますけど」

ふう、と先生は短い煙を出す。

「違うのか……」

先生が何のことを言っているのか、よく分からなかった。兄さんと柿田川先生の間には、何かがあるように思うけれど、そのわりには兄さんの能力を評価はしているようだ。これ以上、兄さんのことに触れるのは何だか良くないと思い、話題を変えることにした。

「ナツキは大丈夫なんですか?」

「正直、厳しいです。進行をくい止めることすら……」

「でも、治してくれるって!」

「ええ、治します。僕が治さないと、いけないんです。それに、他にも患者はいますから」

そう言った先生は、試すような目で僕を見つめた。

「他にもいるってことは、ナツキだけが特別なんじゃないってことですよね。だったら、治す方法が見つかりやすいんじゃないですか!」

「実は原因はもう分かっています」

「えっ、だったら、治し方だって」

「それを今研究しているのです。こんなに難航するとは、正直思っていませんでした」

携帯灰皿に乱暴にタバコを消し入れた先生が、屋上の扉に向かって歩きだした。

僕は数歩遅れてついて行った。

◆

8月に入って、ナツキとシュウと僕で遊びに行くことになった。

言い出したのはナツキだ。

週末は運動部の練習も休みになる。せっかく夏休みなんだから、家にいないで遊びに出るべきだ、とナツキは言った。

待ち合わせは、昼過ぎの八扇駅になった。

「行き先は？」

僕は聞いていなかったし、シュウもナツキの答えを待っている様子だ。

「まあまあ、今日は私に付き合ってよ、ね？」

彼女は僕ら二人を改札口まで引っ張っていく。

「秘密主義だな。どうする？　ユウト」

「僕は付き合うよ」

「そうか……そういうことなら、チャージしてくる。行き先が分からないからな」

シュウはポケットを探りながらＩＣカードをチャージしに行った。

「……体、大丈夫なの？」

僕はシュウの後ろ姿を見ながら、隣にいるナツキに聞いた。

「うん。とくになんともないし。先生も普段通りに過ごしていいって。それにさ、夏休みなんだから。ユウトもシュウも、2年の夏休みなんて受験勉強とかになっちゃうんだから、思い出作ろう、三人で」

ナツキの視線もシュウを追っていた。シュウは機械の前で、チャージするお札の枚数を悩んでいる。慎重で堅実なところが、いかにも彼らしい。僕とナツキは、顔を見合わせてクスクスと笑った。

こんなふうに3年間、高校生活を送れると思っていた。ナツキは今、僕の隣でこんなに楽しそうにしているのに、来年の夏は……。

「分からないよ」

「え？」

ナツキが首を傾げて、僕を見上げる。

「来年の夏休みもさ、三人で受験なんか気にしないで遊んでるかもしれない。先の事は分からないよ」

「うん……そうだね」

シュウがゆっくりとした足取りで戻ってきて、三人で、都内へ向かう電車に乗った。

僕はどうしてもナツキの体のことを気にしてしまい、それが態度に出たのをシュウが気付いたのだろう。

「なんだユウト、今日はやけにナツキに気を使っているな」

何も知らない彼は、ストレートに聞いてきた。

「そう？　でも、もしそうなら、今日だけじゃなくて、いつも優しくしてよね」

ナツキが僕ら二人に言った。

「あ、もちろん、シュウもね」

ナツキはどこまでもナツキだった。

僕ら三人の行き先は、都内のドーム球場……の隣にあるヒーローショーの劇場だった。

「ナツキ、これって……？」

僕は思わず聞いてしまったが、彼女の特撮ヒーロー好きなこと、シュウには内緒ではなかったのかな……？

「いいの！　私、好きなものは好きなんだから、堂々とすることにしたの！」

強がって言っているが、ナツキの顔は真っ赤だ。シュウがどういうリアクションをするのか気になっているらしく、ちらちらと横目で彼の様子をうかがっている。

「久しぶりだな、特撮ヒーロー」

シュウが言った。

「シュウはこういうの、好き？」

怯えたウサギみたいにおどおどしていたナツキの表情が少し明るくなった。

「ああ、好きだな。子供の頃は、親に連れていけと何度もせがんだもんだ」

両親が不仲なシュウにとって、親との思い出は大切なものだと思う。今日ここに来たことは、ナツキとシュウの新しい思い出になるだろう。

ナツキと僕の二人だけの秘密がなくなるのは寂しいけど、ナツキはシュウのことが好きなんだし、知ってもらってもいいような気がする。悔しいけど。

僕ら三人はナツキを間に挟んで席に着いた。

「ヒーローショーって見たことなかったかも」

僕は物珍しさで劇場をぐるぐると見回していた。

「俺も来るのは久しぶりだ」

「ふふふ、最近のヒーローショーはすごいんだよ……」

ナツキの言う通りだった。

ステージ奥から勢い良く白い煙が吹き上がり、ヒーローたちが煙の中から飛び出して来ると、会場がひときわ大きな歓声に包まれた。

ヒーローたちの登場から僕は終始圧倒されていた。それこそ動画の早送りみたいなスピードで動きまわり、ワイヤーで空中を飛び、敵をなぎ倒すとそれに合わせて爆発が起こった。

僕はステージを見ながら、小学生の頃を思い出していた。

ナツキがヒーローのマスコットが付いたストラップを欲しがっていて、一度おもちゃ屋さんに二人で見に行ったら、そのヒーローはちょっと古かったみたいで既に売り切れていた。おもちゃ屋さんの棚は新番組のヒーローのものに蹂躙（じゅうりん）されて、放送が終わったヒーローの商品が入り込むスペースなんてないのだ。

僕はどうしても見つけてあげたくて、週末に知ってる限りのおもちゃ屋さんを自転車で回った。ショッピングモールのおもちゃコーナーや、まあ絶対にないだろうなと思いつつもラジコン模型屋まで回った。翌週の土曜の午後も回れるだけ回って、やっと一軒潰れかかったみたいな古いおもちゃ屋で売れ残りのストラップを見つけた。月曜日、僕はナツキにプレゼントするつもりで意気揚々とストラップを持って学校に行ったら、ナツキのランドセルには既にそのストラップが付いていた。聞くと、ナツキのお父さんがネットの通販で買ってくれたそうだ。僕は結局ストラップを取り出すこともなく家に持ち帰った。もしかしたらまだ部屋の何処（どこ）かにあるかもしれない。

ショーが終わると、ステージでは撮影会が始まった。

僕は「写真撮ってきなよ写真!」とハイテンションでナツキの背中を押した。

「えー、私はいいよう……」

子供たちに混じってステージに上がるのが照れくさいのか、ナツキは腰が引けている。

「いいじゃないか。記念になる」

僕とシュウがナツキを両側から引っ張って列に並んだ。バツが悪そうに立つナツキが可笑(おか)しくて、僕らは並んでいる間ずっと笑いっぱなしだった。ナツキの番が来ると、「三人で撮ろうよ」と言って、今度はナツキが僕らの腕を引っ張った。

ヒーローの前に、ナツキを真ん中にして三人で並び、写真を撮る。中学の卒業式の日も、こんな風に三人で撮ったっけ。

出来上がった写真はフレームに入って、僕ら三人が本当に楽しそうに笑っていた。後ろで僕らを見守るように立つヒーローも、笑っているように見えた。

「ありがとう! 大事にする!」

ナツキは帰り道、ずっと写真を抱きしめるように抱えていた。

「この前、八扇駅でもヒーローショーのイベントやったんだって! 行けば良かった!!」

電車の中でも終始ニヤニヤしながらナツキが言う。

僕らは横一列に並んで座った。ナツキの左側に僕、右側にシュウ。三人並ぶといつもこうなる。

電車は夕暮れに向かって走っていく。皆いつしか無言で、向かいの窓の外の、オレンジ色に染まる街の風景をぼんやり眺めていた。

「今年の夏休みが、終わらなければいいのになー……」

ナツキがつぶやく。シュウが、「ナツキは、子供みたいなことを言うな」と笑った。

違うんだ。ナツキには時間がないんだよ、シュウ。この夕焼けだって、あと何回見られるか、分からないんだ。

「来週末も、どっか行こうよ」

僕は二人に言った。「いいよね？　シュウ」

「ああ、俺はいいけど……」

ナツキは僕の目を見て、少しだけ笑顔で、何も言わずに頷いた。

その翌週は、動物園に出かけた。

そのまた翌週は、水族館に出かけた。

僕は月曜日から金曜日まで、無理と分かっているけど医学書を読み、ナツキとシュウは部活をし、週末になると僕らは遊びに出かけた。

こんな風に充実した夏休みが、いつまでも続けばいいのに。

ナツキが健康で、僕とシュウもそばにいる時間が、いつまでも続けばいいのに……。

僕は、今のこの瞬間が、幸せだった。

決して完璧だとは思えない。複雑なバランスで出来上がっている瞬間であることは理解していた。2学期になれば、ナツキの病気は更に悪化するだろう。そして秋になれば、彼女は死んでしまうかもしれない。

彼女を助けるために、僕にできることはないだろうか。理解できない医学書を読んでいたって、何の役にも立たないじゃないか。

2学期なんか、永遠に来なければいいのに。

そうすれば、ナツキは生きていられるのに。

そうか、続けばいいんだ！

この時間が、ずっとずっと繰り返されればいいんだ。

僕はリセットボタンを取り出して、両手で握る。

マキちゃんから言われた、海馬の萎縮の話を思い出す。

でも、自分のことより、ナツキのほうが大事だ。
僕はそう思うことができた。
目をつぶり、過去の光景を思い浮かべる。
親指に力を込めた。
——リセット。

高校に入って、最初の中間テストの勉強期間。
僕とシュウとナツキは、いつも通り三人一緒に勉強をした。
夏休み。勉強。部活。遊び。
楽しみに満ち満ちたこの時間。
それも終わりに近付く。
僕はボタンを握る。
——リセット。
高校最初の中間テスト。
僕ら三人はいつも通りに頭を突き合わせて勉強した。まずまずの成績だった。
期末試験も同じように勉強した。三人揃ってかなりの高得点に到達した。
いい気分のまま夏休みに突入して、部活、勉強、遊びを満喫する。

9月が近付くある日、僕はまたボタンを取り出す。

——リセット。

——リセット。

——リセット。

——リセット。

——リセット……。

僕は何度も何度も人生をリセットした。三人の楽しい日々は変わらなかった。衰(おとろ)えることがなかった。劣化することがなかった。

これだけ医学の勉強を繰り返したら、いくらなんでも医者と同じくらいの知識が手に入るんじゃないかと思ったけれど、やはりそう甘くはなかった。やっぱり僕の海馬のキャパシティは、どんどん減っているみたいで、覚えた端から忘れていく。

そのうち、勉強のことなんかどうでもよくなった。

ナツキが生きていてくれれば、それでいい。

ナツキが生きているこの3カ月を、永遠に繰り返せれば、それでいい。

ああ、それでいいんだ……。

繰り返される高校生活が劣化することはなかったけれど、僕の頭脳は明らかに劣化していった。記憶はどんどん曖昧になっていき、同時に判断力も落ちていく。

皆で行った夏祭りで、焼き鳥の串を落としてしまった。

プールサイドで目眩がして、側面から水の中に落ちてしまった。

自宅の電話番号を思い出せなくなってしまった。

小さなミスが、僕を僕でないものに変えていく。完璧から、段々離れていってしまう。

僕が僕でなくなって……いやいや、僕にはリセットするという使命がある。ナツキのために、リセットし続けなければならないんだ。

またもや8月が終わろうとしている。

僕はボタンを取り出す。

——リセット。

病院からの帰り道、ナツキが僕に言った。

「ねえ、ユウトにこういうことを相談するの、無神経だと思ってはいるんだけど、聞いてもらっていい？」

「いいよ」

「私ね、シュウのことが好きなの」

「……知ってる」

「何だ、そうなんだ。……ごめんね」

「いいよ。シュウはいい奴だし。それに、ナツキはこうやって三人でいてくれるし」

「うん。……でもね、何か苦しいの」

「苦しい？」

「シュウのことが好きなのに、何故か彼との距離を縮めることができない」

「それは、友達だから……」

「もう、何百年も、こうやって苦しんでいるみたいな気持ちになるの」

「それは……」

「何故だろうね。どうしてこんなに苦しいんだろう。何百年なんか、生きてるはずもないのに、私の心の奥のほうで、いつまで苦しめばいいんだろうって声がするの」

「苦しい……の？」

「……うん、苦しいよ。生きているのが苦しい。変だよね、何もしなくても、もうすぐ死んじゃうのに」

「死なないよ。ナツキは死なない。大丈夫。僕が保証する」

「違うの。……違うの。そうじゃなくて」

ナツキは辛そうに喉元をぐっと手で押さえた。

「……もう、苦しいのイヤなの。この苦しみがずっと終わらない気がして、怖いの。同じ所をぐるぐる回って、ここから、この苦しみから永遠に抜け出せない気がするの。こんな辛いのが続くくらいなら、いっそのこと死んでしまいたいって思うの。おかしいのかな？　私おかしくなっちゃったのかな？」

ナツキは苦悶の表情を浮かべ、その苦しさを伝えようとするように、目を見開いてまっすぐに僕を見つめてきた。まるでお前のせいだと責められているみたいで、僕は怖くなって、後ずさった。息が詰まって、声が出せなくなる。

「だって……ナツキは……ナツキは……」

そうか……。

僕がリセットして繰り返していた日常は、ナツキにとって一歩も前へ進めない日常で、シュウとの距離が縮まっても、僕がそれをまた後退させ続ける。それは苦しさから永遠に解放されることのない無間地獄なんだ。ナツキにとっては死に向かう

1日だって大切な1日なのに、僕はボタンを押す度に、その1日をなかったことにしてきた――。

ああ！

僕はひとりで空回りして！

僕もナツキも同じだと思って、同じだから大丈夫だって、僕らが一緒に居続けることが、ナツキが生き続けることが、同じようにナツキの望みだと思って。

そんなこと、ナツキは望んでいなかったんだ。

僕は何をやってきたんだ。僕がやってきたことは、ナツキを苦しめていただけだったんだ。

耳鳴りが――耳鳴りが、僕の思考をかき乱す。

◆

ダメダメ、こんな人生。どこからか、声がする。

まったくだ。

まったく、その通りだ。

夕食の後、僕は「ちょっと買い物してくる」と言って家を出た。行く先なんか決まっていなかった。

とぼとぼと歩き、いつの間にか繁華街に出ていた。こんな夜の時間に街に出てくるなんて、初めてのことだ。こんなに明るいなんて思わなかった。

悪いことをしようかと思ったけれど、高校生が夜の繁華街でできる悪いことっていうのが、どういうことなのか思いつかない。

耳鳴りはいつしかキーンという音から、ぐわんぐわんという音に変わっている。歩くことはできるけれど、まっすぐなのかどうかすら分からない。

体を左右に揺らしながら、僕は思う。

ああ、自分が元凶なんだ。ナツキを苦しめていたのは、自分だったんだ。

足が重いのに、機械のように前進する。止まることができない。考えることと同じように、体も止まらない。

ああこれが、マキちゃんが言っていた海馬が劣化するってことなんだろうか。

何度も何度もリセットして、自分の身を擦り減らさせて、全部ナツキのためだと思ってたのに。

僕と、ナツキは、少なからず特別な関係なんだと思っていた。

幻想だ。勝手な思い込みだ。

僕がリセットをする度に、ナツキは苦しさを重ねていく。その理由を理解することはないままに。苦しさだけが、積もっていき、彼女の心を締めつける。それはもしかしたら、病気の苦しみよりも強烈なのかもしれない。

ナツキのためだと思っていたのに……。

ナツキのためだと……。

……本当か？

僕は、僕のため――ナツキのためなのだろうか？

つまり僕の完璧で潔癖な人生のことだけを考えていなかったか？

ナツキのためだと言いながら、自分のためにリセットしていなかったか？

自分が、今の三人の関係を続けたいがために、それだけの理由でリセットしていなかったか？

ああ！　そうだ！

僕のせいだ！

全部、僕のせいだ！

僕は自分のエゴで世界を何度もリセットしておきながら、ナツキ一人さえ救うことができなかった。結局僕は自分のために、自分を完璧にするということのためだけに、時間の秩序を乱し続けてきたんだ。本当はこの世界は完璧で、リセットすることでノイズを作ってしまったんじゃないか？　その辻褄を合わせるために、世界は歪んでしまったんじゃないか？

もしかしたらそのせいでナツキがあんな目に合っているのかもしれない。

僕がリセットしたばかりに、彼女が苦しんでいるのかもしれない。

リセットさえしなければ。

リセットボタンさえ押さなければ——。

もう、戻れない。

だとしたら、僕がこの世界から消えてなくなるしかないじゃないか。

僕がこの世界を乱すノイズなんだ。

僕さえいなくなれば、すべてがうまくいくんじゃないか！

僕さえいなくなれば。

…………。

僕が消えて、リセットボタンも消えて、そうすれば、世界は一点の曇りもないクリアで完璧で潔癖なものになる。

…………。

僕だけが、世界を乱しているんだ。

…………。

何だ、そうか。それが答か。

見つけちゃった、見つけちゃった。これが答なんだ。

そうか、そういうことだったんだ。

僕は完璧でも潔癖でも、何でもなかったんだ。

僕はふらふらとした足取りで、あちこちさまよった。目的なんかなかった。

客引きに声をかけられた気がする。

自動販売機で何か買った気もする。

牛丼を食べた気もする。

漫画喫茶に入った気もする。

気がするだけかもしれない。

だけど、そうでもしなければ、どうやって時間をつぶしたのかが分からない。


朝になりかけていた。僕は駅にいた。ナツキに告白した、コンコースの広場だ。

馬鹿だなあ。本当に、馬鹿だよなあ。

もっと早くに誰かに言ってもらえたら、少しは変わっていただろうか。

お前は兄とは違うんだ、完璧にはなれないんだ、って。ああ、誰かしらそうやって、叱ってくれればよかったんだ。そうすれば、こんな馬鹿な真似、しなくて済んだかもしれないのに……。

僕の人生、完璧にはなれないんだって。

おぼつかない足取りで、駅の中に入ろうとして、改札の機械にぶつかった。手も足も、ろくに動けてない。

階段は転ぶんじゃないかと思って、エスカレーターでプラットホームまで下りていった。

始発直前という時間なのに、まばらながらも人がいる。

皆さん、ごめんなさい。

皆さん、ごめんなさい。

僕が世界を汚していました。

僕が世界を不完全にしていました。

どうか、僕のいない世界で、ナツキを幸せにしてあげてください。

ホームのギリギリのところに立つ。

バッグの中のリセットボタンに、ちらりと目をやった。

こいつの世話になったのは間違いないけれど、そういうことじゃないんだよな。

どうせこのままリセットを繰り返しても、僕はすべての思い出を失って廃人になるだけだ。それならいっそのこと、ここで人生を終わらせてしまえばいい。

だってリセットって、人生をリセットするって、本当はそういうことじゃない？僕の人生をやり直すんじゃなくて、別の人間の、別の人生をやり直す。生まれ変われるとは思ってないし、輪廻転生を信じてるわけでもないけど、僕はただ消えるんじゃない、生まれる前に戻るだけ。運が良ければ、誰かの子供として生まれてくるかもしれないね。

死後の世界？　そんなものあるわけないよ。死んだ後の世界と、生まれる前の世界に違いなんかない。どちらも僕が存在しなかった世界という点では同じことじゃないか。

午前5時。始発が来る。

ファンという警笛の音。

電車が入ってくるのと同時に、僕はゆっくりと体を前に倒し、線路の中に身を投げた。

すべての光景がスローモーションで流れていくのを見ながら、僕はゆっくり目を閉じた。

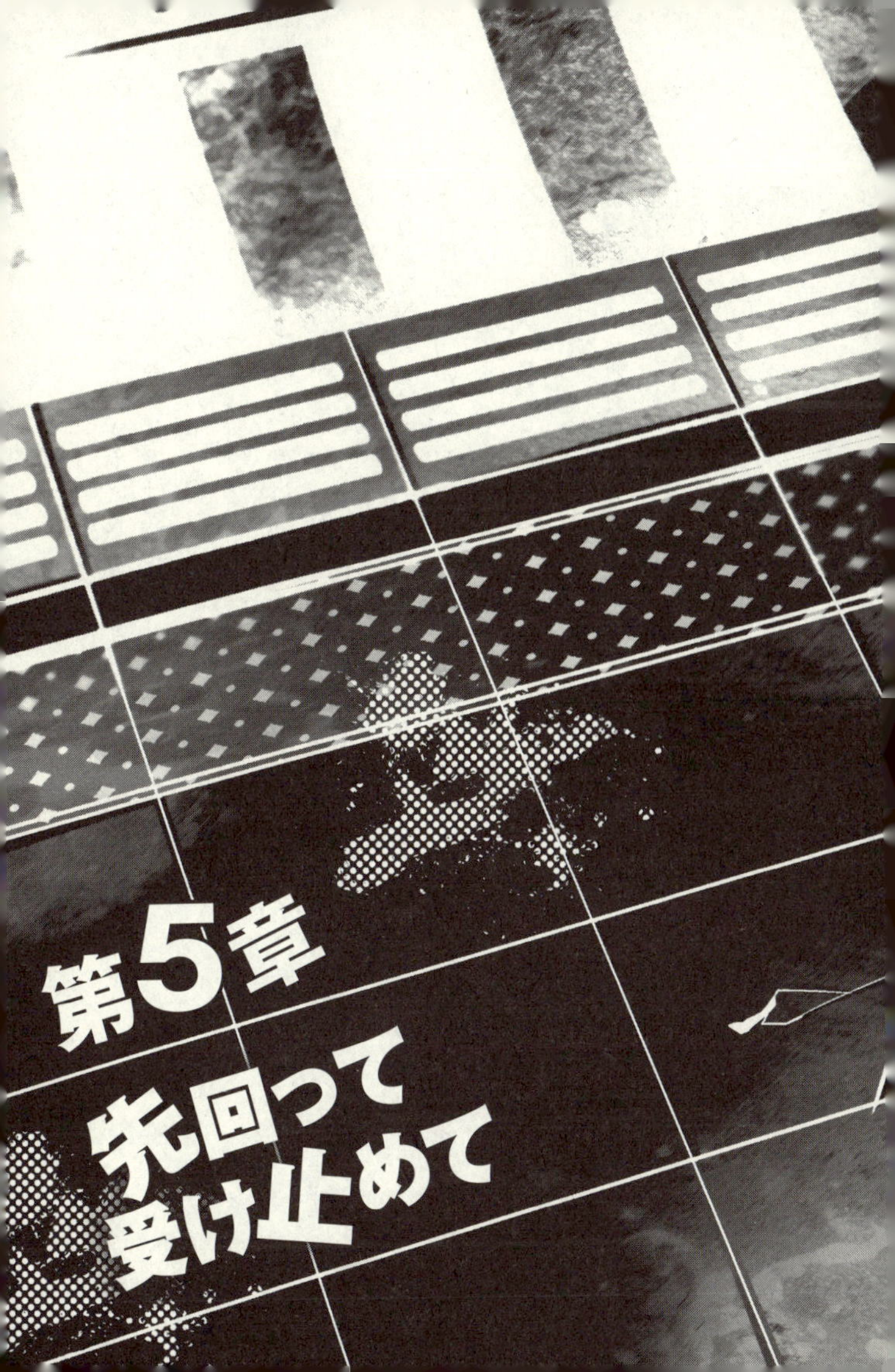

第5章 先回って受け止めて

だいたいね、とマキちゃんの声がした。無理しているね、と。

そうでもないさ、と僕は答える。こんなものだよ、と。

ダメダメこんな人生。累計これまで何千年？

さあね、いったい何年だろう。何千、何万、何億年？

どれだけの時間を、僕は無駄に過ごしてきたのだろう。

長い長い時間がたって、僕が手に入れた結論は、自分が消えればすべてが完璧になるということだった。

どうして僕のところに、人生リセットボタンがやってきたのだろう。

それは強い願いだったから、とマキちゃんは言った。強い願いの手伝いをしたかったから、と。

そうでもないさ、と僕は答える。兄さんみたいにはなれないんだね、と。

僕は確かに願ったけれど、その願いは分不相応だったのかもしれない。僕なんかでは受け止められない願いだったのかもしれない。

まあいいさ。

これが答と見つけてしまったのだから。

だけどね、とマキちゃんは言った。ゲームは終わらないよ、と。

無敵のニューゲーム？

ダメダメ、そんな人生。それこそ、本当にダメダメ。

マキちゃんはそう言いたいのか、それとも単なる無邪気なのか。

ニューゲームじゃないよ、コンティニュー、と言った。

それはそれは無邪気な声で。


誰かに叱られているような気がした。

何はさておき、目の前を飛び交っている雑音を手で払いのけようとした。右手を挙げて目の高さで左から右へ。勢いをつけて動かしたつもりなのに、動いた形跡はない。形跡どころか、動かせたという感覚もない。

いや——目の高さって、本当に高さなんだろうか。僕は立っている？　それとも寝ている？　それともひっくり返っている？

だいたい、僕は感覚を持っているのか？

「……くん……ユウトくん……」

聞こえる。音を、声を感知している。感知していることを、感じている。

ということは、音が聞こえているということで、聞こえているってことは……ええと、どういう意味だっけ。

「……ああ……だめだめ……そんなじんせい……」

僕の口から出た言葉は、ついさっきまで脳内をぐるぐる回っていた言葉だった。

つまり僕は耳が聞こえて、声が出せるってことで。

――生きているってことで？

「ユウト！　聞こえる！　ユウト！」

「大丈夫です、お母さん。意識は戻りました。一時的な記憶の混乱があるかもしれませんが、じきに正常に戻ると思います」

「先生、ありがとうございます！　ユウトはもう大丈夫なんですね？」

「奇跡的に大きな外傷はありません。腕の軽い打撲と軽い脳しんとうを起こしていますので、頭の検査をしたほうがいいですね――」

誰のことについて会話しているのだろう。母さんの声のようにも聞こえるし、そうでないようにも聞こえる。――聞こえはする。

大丈夫ってのは、僕のことなのか。耳が聞こえて、声が出せて、先生と呼ばれる人が大丈夫と言っていて、えーと、えーと。でも腕は動かせないのは、どうしてだろう。

その時点になって、ようやく僕は自分が横になっていて、意識が朦朧（もうろう）としていて、でも考えることはできるというところまでを理解した。

僕は、生きている。

そこまで考えて、緊張の糸が切れたみたいに、僕は再び眠りに落ちた。

目が覚めたら、朝日が差し込んでいた。首を回して辺りを見たら、ここは多分病院の個室で、カーテンを通して夏の朝日が部屋を照らしていた。

ノックの音がした。僕の返事を待たずにドアが開き、世界から色彩が消えた。ドアから入ってきたのは、白衣姿の女性だ。

「マキちゃん先生でしたー」

「やっぱりね……」

「元気ないのね。元気になる注射でもする？」

「やばそうだから遠慮しとく」

マキちゃんはベッドの傍(そば)に立って、僕を見下ろした。

「馬鹿なことしたね」

僕を責めるような顔で言った。

「マキちゃんが僕を助けたの？」

「まーさーかー。そんなことするはずないでしょー？」

今度は大笑いだった。

「ユウトは、線路の真ん中に落ちましたー。びっくりするくらいまっすぐに横たわって、電車はユウトの上を走り抜けていきました一。だから、ユウトは無事。怪我らしい怪我と言えば、落ちた時に頭と腕を打ったくらい。頭を打っているので、検査はしたけど、無事。問題ない」

「無事……」

「そう。飛び込んだことに、何の意味もなかったってことだよ。頑張って飛んだのにね」

「リセットボタンは……?」

「あるよ。使うこともできる。使おうと思うならだけど」

「ねえ、マキちゃんは、どうして僕にリセットボタンをくれたの?」

夢——なのか定かではないけれど——の中と同じ質問をしてみた。

「強い願いが、そこにあったからだよ」

答は同じだった。でも、あの時と違って、彼女はこう続けた。

「わたしたちは人の願いがあるから、強い願いがあるから、存在していられるの」

「それってどういう意味?」

「人の願いが、強く願う心がわたしという存在を生んで、生かし続けてるって、そういう意味」

「……神様みたいなもの?」

「ユウトがそう思うのなら、そうかもね」

マキちゃんが、神様か……。

僕は可笑しくなった。マキちゃんが神様なら、今まで柏手打ってお願い事とかしてた神社のあれは何だったんだ。僕は明後日の方向にお参りしてたのか？　実際の神様はこんなにわけの分からない、無邪気なコスプレ少女なのに？

「だったらさ……もし、全部なかったことにしてほしいって願ったら、叶えてくれるの？」

「ユウトの願い事はもう叶ったじゃん」

「そうじゃなくて……」

「それは強い願いだったから叶ったの。それが上手くいかないからって別のことを願っても、最初の願いより強くなるはずないよ」

「そうだけど……」

「声に力がないね。弱い弱い。願いも思いも、弱い弱い。生きてるのかなー？」

「さっき、僕は生きてるってマキちゃんが言ってたんじゃないか」

「生ける屍って言葉もあるからね」

「カッコいいな、それ」

「カッコ悪いよ。生きてるのか死んでいるのか分からない。それとも、半分死んでる？」

「シュレディンガーの猫か」

「シュレディンガーさんが、飼い猫にハンマーを振り下ろした決定的瞬間をとらえた写真のことね。その年のピューリッツァー賞を受賞したっていう」

「嘘を言わないでよ」

「半分死んでるのも、この嘘と同じ程度のカッコ悪さね」

マキちゃんは、何をしに来たのだろう。死のうと思って死ねずに病院で保護されている、僕を笑いに来たのだろうか。

ベッドの上の僕を見下ろすマキちゃんは、確かに笑っていた。でもその笑いは嘲笑の類いではなく、ただ泰然としているだけに見える。「どうとでも好きにすればいいよ」と笑って放り投げ出されてしまいそうな感覚になる。

「もうすぐ朝食が運ばれてくるよ。食べられるよね」

言われて初めて、僕は空腹を感じた。

気が付くと、世界に色が戻っていて、マキちゃんは姿を消していた。

午後になって、シュウとナツキが見舞いに来てくれた。薄味の病院食の朝ご飯だけで参っていた僕に、彼らはケーキとスナックの詰め合わせを届けてくれた。ナツキのアイデアらしい。

「最初はびっくりしたよ」

ナツキは言う。

「だって、ユウトが線路に落っこちたって聞いたんだもん」

「無事だとも聞いたから、線路の脇に逃げ込んだのかと思ったが、まさか電車の真下とはな」

「それが全然覚えていないんだ」

「記憶喪失？　大丈夫？　私が変なこと言ったから……」

「大丈夫だと思うけど……」

ナツキの瞳は心配をあからさまに表に出していた。彼女が僕に語ったことを覚えているということは、やっぱりここはリセットされていない世界ということになる。

「しばらく入院なんだろ」

「分からない。そういうの、全然聞いてないや」

「ユウトのお母さんに会ったけど、当分は安静にさせるって言ってたよ。当たり前だよね。うちにも夜中に電話かかってきたもん。ユウトが出かけたまま帰ってこないって。オールして、始発の電車の線路に落ちるなんて、信じられない」

「ユウト……まさか自分から飛び込んだんではないよな」

「……よく覚えてないんだ」

僕は頭を振ってみせる。半分嘘で、半分本当だ。昨夜何をしていたのか記憶はぼんやりしているが、電車の前に飛び込む瞬間、僕は自分がいなくなればすべて完璧な世界になると思った。

しかし生き延びてしまった。

僕が頭を振っているのを頭痛と勘違いしたのか、

「私たち、帰ったほうがいい？」

「ううん、平気。むしろいてくれたほうがいいよ、ナツキもシュウも」

そこで初めて、ナツキが笑った。心の底から安堵した表情だ。

「よかった、私たちのこと、覚えてた」

「当然じゃん」

「ユウトのお母さんから、記憶が混乱している可能性があると聞いてたんで、ナツキと相談したんだ」

ナツキとシュウは、目配せした。

「自分から名乗らないようにして、ユウトが私たちの名前を思い出せるか確認しようって」

そういうことか。何かよそよそしい感じはしていたけれど、考えてみればこれまで夜遊びなんかしたことがない僕が、朝まで帰らなくて電車事故にあったんだ。皆が心配するのも無理はないな。

「疑いは晴れた？」

「ああ」

「安心したよー」

その後は、思いっきり三人でケーキとスナック菓子を食べ尽くした。

そうだな、こういうのが僕にとっての幸せなんだな。三人でわいわいと賑やかにやって、誰が誰とくっつくとか好きとか嫌いとか、そういうのを超越したところで三人の関係が続いていくっていう感じ。

僕はなんとなく、今のこの状態に満足してしまっていた。

「夕方の回診です」

入ってきたのは、マキちゃん先生……じゃなくて、普通の先生だった。同じ白衣でも着る人によって、ちゃんと威厳を感じるから不思議だ。

いくつかの問診の後、腕と頭を調べられた。特に問題はないようだった。

僕はベッドで仰向けになって目をつぶる。

この先どうしようか。もう1回リセットして、電車に飛び込むところに戻ったとしても、何か決定的な違いを作らないと結局同じような結末になるのは、これまでのリセットの経験から分かっている。

僕が消えれば完璧な世界になるのに、僕は上手に消えることすらできないなんて。

病室のドアが開く音がした。目を開けたら、予想通りモノクロになっていた。

「なんでナースなんだよ！」

マキちゃんは今度は女医ではなくて、看護師の服を着て病室に入ってきた。

「ちょっと気分を変えようと思って。似合う？　女医さんとどっちが似合う？」

「どーでもいいよそんなこと！　興味ないよ！」

僕は少し声を荒らげてしまった。だって、こっちは色々と大変な思いをしている時に、この女は全部遊び半分だ。彼女の作ったモノクロの空間に僕の苛々を充満させてやろうと思って、一呼吸ごとにため息をガンガン吐いてやった。

「着てみたかったんだよ……そんなむきになんなくたっていいじゃないか」

マキちゃんは少しの間不満そうにブツブツ言っていたが、やがて悪ノリしすぎたと反省したのか、僕のほうをうかがうように上目遣いで見たりしていた。

僕もいつまでも不機嫌にしているのは大人気ないと思ったので、「ごめん。大声出して」と、一応謝っておいた。

するとマキちゃんの曇っていた表情がぱっと晴れて、「わたしもごめんね、ユウトがナースより女医さんのほうが好みとか知らなかったからさ。次はまた女医さんで来るね！」

まったく違う方向へマキちゃんは行ってしまったが、訂正も面倒なのでこのままでいいやってことにした。

「友達。お見舞いに来たよね」

「ああ。来てくれた。二人とも親友だよ。やっぱり、あいつらと一緒にいるのはいいなって思った。このまま、何も変わらずに、さ」

そう。何も変わらずに。ナツキはシュウのことを好きだけど、想いをぶつけられないのも変わらないし、ナツキの病気が進んでいくのも変わらない。僕は黙って見ているだけだ。

現実はそうなんだ。リセットしていないこの世界では、問題はひとつも解決できていない。僕は、ボタンがなければ何ひとつ判断できない、一度間違った結果を出して、それをリセットしてやり直さないとまともな選択はできなくなってしまった。

でも、僕が頑張って、僕が、僕が……あれ？　何を、どう頑張ればいいんだ？

「マキちゃんが神様なら、ナツキの病気を治すことはできないの？」

「ナツキちゃんはそれを望んでいるかな？　仮にそうだとしても、わたしとナツキちゃんは出会っていないから、わたしがナツキちゃんの望みを叶える必要はないんじゃないかな。ユウトと話しているこの世界は、他の人には見えない閉じた世界だしね」

僕には、何の感情もなくさらっと残酷なことを言えてしまうマキちゃんの頭の中が理解できない。神様だから感情とかないのかもしれないけど、でも笑ったりしょんぼりしたりはするよね？　どうしてナツキのことにはそんなに無関心でいられるのかな？

「……世の中で、願いを持っている人はたくさんいるだろ？　マキちゃんはそういう人を黙って見ているだけなの？」

「わたしは偶然の可能性だからね」

「宝くじに当たった人だけ幸せになれるってこと？」

「そゆこと」

そんなの神様って言えるのかな。いや、彼女は自分を神様とは言ってないんだ。でも人の心が生み出した、人の願いを叶える存在って、それはつまり神様ってことだよね？

マキちゃんが本当は神様じゃなくても、お賽銭取るだけで何もしてくれない神様より　譬え悪魔だったとしても、少なくとも僕の願いを一度は叶えてくれたわけで、マキちゃんがナツキに会えば願いを叶えてくれる？は幾分マシだとは思うけど、マキちゃんにお賽銭でも投げてお参りすればいい？　柏手打つ？　それともナツキがマキちゃんは普段どこにいるんだろ？　どこ神社？　あ、このモノク鈴鳴らす？　マキちゃんは普段どこにいるんだろ？

マキちゃんが本当は神様じゃなくても、譬え悪魔だったとしても、少なくとも僕の願いを一度は叶えてくれたわけで、お賽銭取るだけで何もしてくれない神様よりは幾分マシだとは思うけど、マキちゃんがナツキに会えば願いを叶えてくれる？　それともナツキがマキちゃんにお賽銭でも投げてお参りすればいい？　柏手打つ？　鈴鳴らす？　マキちゃんは普段どこにいるんだろ？　どこ神社？　あ、このモノクロの世界にナツキを連れて来る……ことはできないだろうし、それなら、ナツキとマキちゃんをどっかで会わせて、ナツキに願わせればいいのか。う……本当にそれでうまくいくのか判断ができない。全然頭が動いていない……！

「ユウト、頭が痛いの？」

考えを巡らせているうちに、僕はいつの間にか頭を抱えてうずくまっていた。

「先生は問題ないって言ってたんだよ……？　海馬なんて何でもないって」

「そう見えるだけよ。心の目で見れば、海馬が壊れてるのが、分かる」

「でもＭＲＩの画像は……」

「これは、忠告だよ。ユウトの海馬は壊れる寸前。リセットボタンはまだ使えるけれど、これ以上リセットを繰り返したら、物を覚えることも思い出すこともできない、魂の抜けた人形みたいになっちゃうよ」

「魂の抜けた、人形……？」

「ユウトは今、過去のことどれだけ覚えてる？」

「……それなりにってところだと思うけど。……でも、別に忘れてることなんてないよ、今は思い出そうとすると頭痛がするから無理だけど、これが良くなればさ。薬も飲んでるし、大丈夫だろ？」

マキちゃんにはさっきまでの無邪気な雰囲気はなくなって、表情が翳っている。

「ユウトの脳は、思い出を忘れてしまったことも忘れているの。最初からなかったことになってるの」

マキちゃんが持ってたあのカード、僕にはまるで覚えのない思い出ばかりの、あれが僕の忘れてしまった記憶だとすると相当なものだ。小さい頃のナツキとの思い出も、消えてなくなっているのだろう。

「……別に心配いらないよ」

僕は、強がりでもなんでもなく、そう口に出していた。

「ユウト……」

「大丈夫だよ。思い出さなければ、それはなかったことと同じだもん。どんな思い出でも、本当に忘れてしまえば思い出として残っていたことすら思い出せないわけだから。忘れたことも覚えていないんだから――」

僕は、これでいいんじゃないの？

過去を犠牲にしても救わなければいけない未来もあるだろ？　だとしたら、僕のしてきたことは正しいとまでは言えなくても、間違ってはいなかったんじゃない……？


それに、自分の力ではどうにもならないことって、やっぱりあるから。

あなたが欲しいのは金の斧と銀の斧とどちらですか？　あなたが願う幸せは、何を手に入れることですか？――違う話だったような気もするけれど。兄さんならあっさり手に入れられただろう幸せは、僕が手を伸ばすのはちょっときつかった。

それだけだ。

マキちゃんナースは笑っていた。白衣の天使？　それとも白衣の神様？

それとも、白衣をまとった、悪魔の化身？

いや、どれとも違うんじゃないのかな。マキちゃんはきっとただのマキちゃんで、それだけのことでしかないんだ。

マキちゃん自身は、それだけのことしか考えていないんだ。

高潔なまでに、無垢(むく)な存在。

完璧に潔癖ってのは、こういう純真無垢なもののことを言うのかもしれない。

だとしたら、とても残酷な存在だ。

◆

　9月が後半に入ろうとする頃になって、僕はようやく学校に復帰した。

「橋立ユウトくんが今日から学校に戻ります」

　先生の紹介を受けて、僕は皆に軽く会釈をする。頭が緩んだ僕は、柄にもなく手を振ってみせたりした。

「もうひとつお知らせです。杉田ナツキさん」

「はい」

　ナツキが立ち上がった。

「ユウトと入れ替わりになっちゃうけれど、私は今日の午後から入院します」

　ナツキの発言に教室がざわついた。

「黙っていてごめんなさい。ずっと前から病気だったんだけど、そろそろ入院しないといけないってお医者さんから言われちゃいました。だから、ちょっと入院してきます。長くなるかもしれないけれど、戻ってくるからね」

　僕は現実に引き戻された。そうだ、これが現実だ。

　ナツキの病気は原因不明で、あと3カ月の命なんだ。——7月中旬の時点で、あと3カ月ってことは、残り1カ月しかないじゃないか。

入院して残りの1カ月で何をするのだろう。治療方法が分かったのだろうか。だとしたら、間に合うのだろうか。

クラスの皆は事情を知らないから、頑張れよーとか呑気なことを言って彼女を送り出そうとしていたけれど、僕だけは彼女の事情を知っている。見た目は健康だけれど、ナツキの寿命はもう長くない。

それともマキちゃんが言っていたように、何も変わらないまま残りの1カ月が過ぎていくのだろうか。

ナツキは午前で早退した。

放課後になって、シュウが僕のところに来た。

「ナツキのところに行くよな」

「……うん」

病院に向かうバスの中で、シュウは黙って外の景色を見つめていた。僕も同じように、流れる景色を見ていた。元々僕らはそれほど会話が多いほうではないけれど、普段は話をしなくても通じ合える信頼みたいなものがあった。今は少しなんだか……心許ない。

受付でナツキの病室を聞いて、内科の入院病棟に行く。ナツキの病室は個室だった。

ナツキは明るく満面の笑みで迎えてくれた。

「おかしいな」

シュウが言った。

「ナツキ、何か俺たちに隠していないか？　緊急入院ならともかく、たいした病気でもないのに、いきなり個室は変だろう」

「別にー」

ナツキは軽口を叩くが、シュウは当然のように納得いっていない。

「だいたい、病気だってこと、どうして俺たちに隠していたんだ。友達じゃないのか？」

「……友達。そうだよね、私たちは友達だよね」

ナツキの声のトーンが低くなる。

「友達なら、相談してくれてもいいじゃないか」

「ユウトは知ってたよ」

僕はいきなり話を振られて、とっさに返事ができなかった。

「どういうことだ」

「あ、いや、えと……僕が通院していた時に、偶然見かけたから、ナツキも病院に通っていることは知っていた」

病状までは言わないほうがいい。

「知らなかったのは俺だけか。それで、病名は何だ」

「分からないのよね」

「馬鹿にするな！　お前たち二人だけで何こそこそやってるんだ！」

そうじゃない、そうじゃないんだ。

僕がナツキの病気を知ったのはただの偶然で、可能ならナツキは誰にも言わなかったはずだ。特にシュウには絶対に知られないようにしていたと思う。

だって、ナツキは死ぬんだよ？　あと1カ月で、死んでしまうんだよ？

そんなことを、いくら親友だからって、友達に相談できるか？

しかも、シュウはナツキにとって特別な相手だ。

「私の気持ちも知らないくせに、勝手なこと言わないで」

「何も言わないんだから、知るわけないだろ」

「言えるわけないでしょ！　もう出てって！」

「ああ、帰る！」

シュウは病室から本当に出て行ってしまった。僕はベッドの上に残された寂しそうなナツキを見ていた。

「ナツキ、ごめん」

「なんでユウトが謝るの」

答えられるわけがない。僕がいなくなれば、世の中は完璧になるはずなのになんて、ナツキの前で言えるはずがない。

こんなギスギスした関係を僕は望んでいない。ずっと三人で友達として仲良くやっていけるはずじゃなかったのか。僕は、シュウにもナツキにも、無理をさせていたのだろうか。

考えれば考えるほど、頭がぼんやりとしてくる。

沈黙のまま、10分以上が過ぎた。ドアをノックする音がしたのでナツキが返事をする。柿田川先生が部屋に入ってきた。

「今日は杉田さんに紹介したい人を連れて来ました」

先生の背後から、長身の男性が姿を現した。黒いジャケットにネクタイ。丁寧に撫でつけた髪の毛に鋭い眼光の――。

「橋立タイシです」

「兄さん！」

「元気そうだな、ユウト。いたのか」

「橋立くんが、今日から僕のサポートをしてくれます。杉田さんの治療にも協力してくれますよ」

そうだ、兄さんがいた！　兄さんならきっと、ナツキの病気を治してくれる！

久しぶりに会う兄さんは、以前と同じように不敵な顔をしていて、それが僕にはとても頼もしく見えた。


僕は兄さんと連れだって屋上に出た。

ここの屋上に来るのは柿田川先生と来て以来だった。

屋上の空気は熱かったが、開放感は格別だった。

「兄さんは、ナツキを助けてくれるんだよね」

「柿田川先生からは、どこまで聞いている」

僕なりに理解していることを兄さんに説明する。ナツキの呼吸器と消化器に腫瘍ができていること。他にも患者がいること。治療方法が見つかっていないこと。

「昨日、最初の一人が亡くなった」

「亡くなった……って？」

「杉田ナツキ以外にも患者は増え続けている。自覚症状がないから、病院に来るのが遅れているんだ。昨日亡くなったのは、30代のサラリーマンだ。普段から健康だから病院に行こうとなんて思わなかったらしい。自宅で吐血して、救急車で病院に運ばれてそのまま死んだ。行政解剖をして、初めて病気が見つかった。この先も患

者は増えるだろう。残念ながら死者もな」

「そんな……。柿田川先生は、治療方法を見つけてくれるって……」

「研究は続けているし、ある程度のことは分かってきている。だが、治療方法はまだだ。対症療法的に進行を遅くすることはできるが、今はそこまでだ」

「で、でも、兄さんは、治す方法を見つけに来てくれたんだろ？」

「ああ、そうだ。といっても、俺は医者でもなんでもないから、できることと言えば医療行為にあたらない範囲で検査をすることだがな。――いいか、ユウト。俺は杉田ナツキを、他の患者を、徹底的に調べる。調べて記録をとって解析する。それが俺の役目だ」

「う、うん。分かったよ」

兄さん自身も言うように、彼は大学生――しかもまだ大学2年生なのだ。だけど、そんな兄さんをわざわざ呼んだということは、柿田川先生は兄さんを信頼しているに違いない。それだけ兄さんは優秀なんだ。

大丈夫だ。兄さんに任せておけば、大丈夫だ。

僕の中の安心感が徐々に大きくなってくる。

最後に僕は、以前から聞きたくて聞けなかったことを質問してみた。

「ねえ、兄さん」

「なんだ」

「兄さんは、どうして大学に行ったの？」

すると兄さんは、口を不敵に歪めて言った。

「完璧な世界を作りたかったからだ」

ああ、良かった。やっぱり僕の兄さんだ。完璧で潔癖な、僕の兄さんだ。

その日、兄さんは僕を車で送ってくれた。いつのまにか兄さんは免許を取っていて、車も持っていた。青いスポーツカーで、大学の先輩から安く譲ってもらったらしい。スポーツカーを乗りこなす兄さんを、僕は単純に格好いいと思った。

◆

ナツキの検査は続いた。毎日のように採血をし、抗生物質の点滴も入っている。

「元気なんだけどねー。抜け出しちゃおうか」

「馬鹿なこと言うなよ」

僕は部活がないので、放課後はほぼ毎日、ナツキの病室を訪れていた。僕の目には、元気ではありながらも、少しずつ痩せていくナツキの姿が目に焼き付いていた。いや、焼き付けておこうと思った。

シュウはあれから、ナツキのもとを訪れていない。

「寝ていると、筋肉が落ちるのよね。ダイエットになればいいんだけど、たぷんたぷんになっていっちゃう。見てよ、この足の肉の緩みっぷり」

「生足出すなよ」

「照れてんの？　病人の足見ても、色っぽくないでしょ」

「そんなこと……」

「色っぽい？」

「う……うん」

「よかった」

変な話題になってしまい、僕は次の言葉を続けられなかった。ナツキのせいだ、まったく。

「私ね、かなり弱っているんだって」

ナツキは唐突にそう言った。

「表面に出なかったのが不思議なだけで、この先、急激に体力が落ちるだろうって先生に言われてる」

「腫瘍なんだよね。手術でよくならないの？」

「それは先生に聞いてみたよ。……無理なんだって。普通の腫瘍と違って、小さな点みたいなのがたくさん散らばっているから、悪いところだけ切り取ることができないって言ってた」

「だからって、何もしないよりは……」

「私はヤだな。どうせ死ぬんなら、体に傷がないほうがいい」

「そんなこと言うなよ」

「……そうだね」

ナツキが綺麗な体のままでいたいっていうのは、今でもシュウのことを想っているからだろう。それをかつてナツキに告白した僕に言うのはひどいといえばひどいのだけれど、今や病気のことを平気な顔で話せる相手は僕しかいなかった。

僕は黙ってナツキの言葉を聞いて、誰にも言わずに一人で噛み砕く。消化不良になりながらも、これが自分の使命だと思いながら。

僕は病室のドアが細く開いているのに気付いた。その隙間から、小さな女の子が僕らの様子をうかがっていた。

「セリナちゃん、どうぞ」

ナツキが気付いて呼びかけると、ドアが開いてパジャマ姿の女の子が入ってきた。小学3年生くらいだろうか。

「この人、ナツキちゃんの彼氏？」

「違うよー」

ちょっと傷付く。まあしょうがないけど。

「この子も入院しているの？」

「うん……私と同じ病気。偶然なんだけど、セリナちゃんって、駅の火事の時に私が助けた子なんだよね」

「そう！　ナツキちゃんは、セリナのヒーローだよ！　かっこよかったんだから！　白い煙をぷしゅーって吹き出して」

「煙？　ああ、消火器か」

「無我夢中だったのよねえ」

「無茶なことしたよなあ」

あの時は火事が激しくなりそうだったから、ナツキが頑張るしかなかったのだ。

そしてナツキは、この子のヒーローになった。

「ナツキらしいなあ」

僕が笑いながら小さな声で言ったのは、ナツキの耳にもばっちりと入ってしまっていたようで、

「なによ」

「正義のヒーローになりたかったんだろ？　よかったじゃないか」

「べ、別に、男の子じゃないんだから、そんなのなりたくないもん」

「無理すんなって」

「ナツキちゃん、ヒーローだよ！」

セリナの無邪気な元気さに当てられて、ナツキは温かい笑顔を浮かべた。

10月に入って、ナツキの体力は急激に落ちていった。病室には、見たことのない機械が増えていく。ナツキの体には、常時2本くらいの点滴が落とされていた。

正直に言うと驚いていた。

入院する前のナツキは本当に健康に見えて、僕ですら入院中に完治してしまうんじゃないかと思うほどだったからだ。

そんな望みははかないものでしかなく、ナツキの病状は悪化していた。

病棟には、同じ病気の入院患者が増えていった。

どうやら、この病院にはナツキと同じ病気の患者が集められているらしかった。

そして、二人目の犠牲者は82歳の老人で、三人目——人ではないが——ペットのプードルだった。

この段階に来て、行政は奇病が発生していることを公表し、柿田川准教授が説明の場に姿を見せた。その様子は、ケーブルテレビで中継された。

僕はナツキの病室でその中継を見ていた。

「厚生労働省との情報交換は行っています。そして現時点で病原菌は特定できていません。この病原菌の感染力は非常に弱く、空気感染はしないことが判明しています。直接接触したケースであっても通常の方法では感染することはありません。現在、こちらの病院に入院している患者は24名。うち2名が亡くなりました。年齢、性別に偏り(かたよ)はなく、警察と協力して発生源の特定を急いでいますが、我々病院側は、まず治療方法の確立を最優先としています」

「柿田川先生は、甲華大学でバイオテクノロジーを専門とされているそうですが、バイオテロなどの可能性はないのでしょうか?」

「不特定多数を攻撃対象としたバイオテロであれば、もっと強力な細菌を使うはずです。事件性は薄いと見ていますが現在調査中です」

「ですが、実際に感染した人が複数います。感染する条件はいったい何でしょうか?」

「非常に感染力が弱い菌であることは間違いありません。環境と温度変化によって、感染力が上がることは確認しております。申し訳ありませんが、今はこれだけしか言うことができません」

テレビの中の柿田川先生は、いかにも難病と戦う正義の医師といった風情だった。伝染の危険性がないという説明のせいもあり、報道の内容はパニックを誘発するようなものではなかったし、先生に対しても肯定的な評価だった。

ナツキはただ見ているだけで何も言わなかった。

その時、ドアの外で物音がしたので、僕がドアを開けるとパジャマ姿の女の子が倒れていた。

「セリナちゃん！」

「ナツキ、ナースコール！」

「分かった！」

僕は、うつ伏せになっていた少女を抱き起こし、呼吸が楽な体勢にしてあげると、抱いた掌に血がついた。皮膚から血がにじみ出ているのだ。

ゴホッ！　ゴホッ！

急に咳きこむセリナの背中をさする。そして、痰と胃液に混ざって大量の血を吐き出した。

セリナは何度も何度も血を吐き出した。

床に大量の血が広がり、辺り一面真っ赤になった。

「いや――――ッ！」

ナツキの悲鳴で僕は我に帰る。腕の中には、口のまわりが血まみれになった少女がいた。

僕とナツキは、駆けつけた医師と看護師に、その場から引き離された。

手から血の感触が消えない。

僕はナツキの病室でパイプ椅子に座っていた。ナツキはベッドに突っ伏して泣いている。僕は彼女にかける言葉が思いつかない。自分の心を落ち着かせるだけで精一杯だった。

ベッドの上でナツキは声を殺して泣いている。止まらないみたいだ。

ナツキのあんな姿を想像するだけで、心臓が縮み上がりそうになる。……これか。これなのか。こんな風に血を吐き出して、もがいているうちに死んでしまうのか。なんてことだ。

「……死にたい」

ナツキがこもった声で言った。

「……あんな風になる前に、薬とか飲んで、死んじゃいたい」

「そんなこと言うなよ。治す方法を絶対に先生や兄さんが見つけてくれるって」

「その前に死んだらどうするの。もう恐いよ。だったら先に死んだほうがいい」

違う。それは違う。間違っていると思うけれど、ナツキにどう言えばいいのだろう。

「そうだ。ねえ、ナツキ、小学校の時のこと覚えていないか？　校庭で2年生の男の子と遊んだ時のこと」

「……うん」

ナツキはベッドにずっと突っ伏したまま顔を上げないで返事をした。

「僕とその2年生のタケルくんを助けるために、大人に体当たりした時のナツキは、本当に凄いって思ったんだ。こういう人になりたいって思ったんだ。だから僕は、そういう強いナツキに生きていて欲しい」

「ユウト、ごめん……こういう言い方がユウトを傷つけるの分かっているけど」

ナツキが僕の言葉を遮った。こもった声を聞き取ろうと、僕は腰を浮かした。

「あの後のこと、覚えていないの？」

「え？」

「あの2年生のタケルくんって子、虐待されていたんだよ……実のお父さんに。あの時迎えにきたのは、お父さんのお兄さん、つまり叔父さんで、タケルくんを父親から引き離すために来ていたの。だけど、私たちが邪魔をして……、結局タケルくんは父親に連れていかれちゃった」

「……嘘だよね？」

記憶にない。本当に、そんな展開は記憶になかった。

「あれから1週間後に、タケルくんは児童相談所に保護されたって、結構話題になったと思うんだけど……」

「……知らない」

本当に知らない。本当に覚えていない。

何で？ 覚えてないんだ。

「あの事件のこと、思い出したくないんだ。私はずっと、心のどこかで、どうしてタケルくんを助けられなかったんだろうって思ってた。その後の彼がどうなったかは、子供の私には調べる方法もなかったし、当時はどういうことが起こったのかすら正確には理解できていなかったし……」

僕はナツキの言葉を黙って聞いていた。

「今さらあの事件の話をされるの、ちょっとキツイ。ユウトといると、当時のことを思い出しちゃうから、それもキツイ」

違う！

僕はただ、完璧な……違う！

僕のことはいいんだ。ナツキに幸せに生きていて欲しいだけなんだ。

それだけなんだ！

だけど、今の僕じゃ駄目なんだ。

慰めることもできない……。

僕は翌日、シュウを説得して、二人でナツキの病室を訪れた。しかしそこには面会謝絶の張り紙が貼ってあった。僕らは面会スペースで、携帯電話をいじりながら時間が過ぎるのを待った。面会謝絶という言葉から、嫌な予感がしたけれど、言葉には出さないでいた。

1時間近くして、看護師さんが僕らのところにやってきた。

「落ち着いたので、先生が少しだけなら話をしてもいいって」

個室の中には、さらに機械が増えていて、ナツキに繋がったチューブの数も昨日より増えている。

ナツキはベッドで仰向けになり、ゆっくりと呼吸していた。

「容体は安定しています。側にいてあげるといいでしょう」

看護師さんが優しく言ってくれた。

ナツキは半分だけ目を開き、天井を見ていたが、僕らのほうに目を動かした。唇を数度動かして、かすれた声を吐息とともに吐き出した。

「苦しいよ……どうしてこんなに苦しいんだろう……」

その言葉はかつて彼女に言われた言葉と同じだった。何千回ものループを繰り返して、ナツキがシュウへの気持ちを抱えていられなくなった時に、僕に向けて発せられた言葉だ。

僕は拳を握りしめる。ナツキの顔をまともに見られず、ベッドの毛布の上に視線をずらす。

何をやっているんだ。本当に何も変わらないのを、何もせずに見ていただけじゃないか。

せめてナツキの苦しみを救うことくらいは、僕にだってできるじゃないか。

「シュウ」

僕は喉の奥から声を絞り出した。

「僕は、ナツキがシュウに告白したことを知っている。シュウが、それを聞いて三人で仲良くやろうって答えたことも知っている。——だからシュウ」

「何だ」

「ナツキの気持ちに応えてやって欲しい」

「でも俺たち三人は……」

「違うんだ！　そうじゃないんだ！　僕じゃ駄目なんだ！　ナツキが求めているのは、シュウなんだよ。シュウのことを好きだって気持ちを抱えて、このままナツキが……逝くのを見ているのか？　シュウだって、ナツキのことを大切に思っているんだろ？　僕はそのことも知ってる。だから、シュウ。――ナツキの気持ちを受け止めて欲しい」

「……ユウトはそれでいいのか？」

「いいんだ。頼むよ」

シュウは点滴が入っていないほうのナツキの手を優しくとった。ナツキがその手を握り返す。

「シュウ……私やっぱりまだ好きみたい」

ナツキをじっと見つめシュウが言った。

「……俺もだ。今なら好きだって言える」

そうだ、それでいいんだよ。

僕はなるべく音をたてないように、病室から立ち去った。

ナツキとシュウは相思相愛。僕はそこにはお邪魔虫だ。友達であることは変わってないけれど、今まで通りではいられない。

僕は全然構わない。これもまた、僕の見つけた答だ。

シュウと一緒にお見舞いに来る時は、僕は最初だけ病室に顔を出して、その後は一人で面会スペースで過ごすことにした。なるべく二人だけの時間を作ってあげるべきだろうと思ったからだ。

僕がいない間、二人がどういう会話をしているのか、そもそも二人っきりで何をしているのか、僕は知らない。僕が知らない二人の時間があるってことが、ナツキの残された時間には貴重なものになるはずだ。

面会スペースにあるソファーに座って、携帯電話を少しいじって閉じた。

何なんだよ。

どうして苦しくなるんだよ。くそう。

ナツキが幸せになって、シュウも幸せになって、それで構わないって思っていたのに。

くそう、くそう、くそう、くそう。

涙が途端に溢れ出した。

苦しい。僕だって苦しいんだ。頭が、目が、喉が、胸が、腹が、足が、指先が。

ソファーの上で無意識に体を縮めるくらいには、苦しいんだ。

抱えた膝が濡れる。

涙が止まらない。手で拭(ぬぐ)っても拭っても止まらない。

手で口を抑え咽(むせ)ぶ。

耳鳴りが止まらない。耳鳴りが冷静な思考を邪魔する。

感情が漏れ出しそうになる。叫びたい、狂っているって思われたっていいから、叫びながら病院の中を走り回りたい。

そして、僕を見てくれって伝えたい。

僕を見て欲しいんだよ。

リセットを何回しても、それでも完璧になれないし、自分自身すら幸福にすることができない僕の苦しみを、誰かに分かってもらいたい。

聞いて欲しい。

見て欲しい。

知って欲しい。

僕は自分が好きなだけの、自分勝手で矮小な男さ。

だけど苦しいんだ。何をやっても苦しいんだ。

助けてくれ。誰か僕を救い出してくれ。

僕も幸せになりたいんだ。

僕は、自分のことが好きだ。

だけど僕は、ナツキが好きだ。

シュウも好きだ。二人とも好きなんだ。大好きなんだ。

彼らが幸せになることが、僕のささやかな救いなんだ。

ナツキが幸せになって、シュウも幸せになって、それが一番の望みなのに……。

涙が溢れて止まらない。

◆

その瞬間がやってきた。

月曜日の午前だった。

僕もシュウも、当然のように授業に出ていた。廊下を走って学年主任の先生が教室に飛び込んできた。

「杉田が亡くなったそうだ。今、お母さんから連絡があった」

先生の言葉を最後まで聞かずに、僕とシュウは立ち上がっていた。財布が入ったバッグだけ持って、教室を飛び出す。行く先は病院だとしか考えていなかった。

バスがまどろっこしい。シュウは震えていた。彼がこんなに動揺するのは初めてのことだ。

つんのめるようにして病室に入ったら、空のベッドがあった。

「ユウト！　俺は自宅のほうに行く」

「う、うん。あ、シュウ、これ持っていって」

僕は自分の財布を投げた。二人分の財布の中身があれば、タクシーを使えるはずだ。シュウは頷いて財布を受け取り、走って出ていった。

彼を見送ってしばらくして、タクシーなら二人乗っても同じ金額じゃないかと思い至る。こんな時まで、僕は馬鹿なのか。

僕は本当に、馬鹿なんだな。

空っぽになったベッドを、じっと見下ろす。シーツは取り外されていて、そこに人が寝ていた痕跡は消し去られている。

ナツキは苦しまずに死んだのだろうか。それとも、血を吐きながら死んだのだろうか。

願わくは、苦しまずに……。

「うっ……うぅっ……ナツ……キ……ぐすっ……うぅっ……ナ……ツキ……」

僕は膝をついて咽び泣いていた。

ベッドに頭を押し付け、拳で何度もベッドを殴っていた。

無念だった。どうしてナツキが死ななければならないんだ。

どうしてなんだ！

「……ユウトくん」

背後からの声に、振り向くことなく返事をした。

「……柿田川先生は……ナツキを助けてくれるって……」

「残念でした」

「兄さんも……柿田川先生も……」

「君は本当に、関係がないのですか」

「……はい？」

先生の不思議な質問に、僕は涙にまみれた顔を上げる。

「君は本当に、橋立くんと関係がないのですね」

「どういうことですか？」

「……話したいことがあります。こんな時にすまないけれど涙を拭いたら、ちょっと屋上まで来てくれますか」

僕は力なく頷いた。


屋上には、風がわずかに吹いていた。透き通った秋の空が広がっている。

先生が四方に張られたフェンスのひとつに寄りかかる。

「タバコを吸ってもいいですか？」

答える気力も無かった。

「患者さんが亡くなった時には、無性にタバコを吸いたくなるんですよ」

先生は口を尖らせて、上に向けて煙を吐き出した。話したいことがあると言っていたわりには、一向に喋りだす気配がなかった。

段々いらいらしてきた。ナツキが死んでしまったのに、何でこんなところにのこのこついてきてしまったんだ。

「いったい何の話ですか？　何もないならもう帰ります」

先生は、突然、何かを苦慮するような顔をし、喉の奥から息を吐き出した。そして、小さな声で、しかしはっきりと言った。

「細菌は……、私が作りました」

「え!?」

意味が分からなかった。

「な、何を……」

「今、次々と犠牲者を出している細菌は、私の研究室で作ったものです」

先生はゆっくりとタバコを携帯灰皿に入れた。

僕は急に頭にカーッと血が昇り、先生を責め立てた。

「じゃあ、どうして、どうしてナツキが感染したんですか！　どうして!!」

そして、僕は先生を睨んだ。

「本当に申し訳ない。謝って済む問題ではありませんが……。いずれ責任は取らせてもらいます。実は君に頼みがあるんです」

「なんなんですか」

「君のお兄さん、橋立タイシを止めてください」

「は？」

また何を言い出すんだ。

「なんで兄さんを？」

「僕は彼に騙されたんだ。違う、そうじゃない、皆に騙されていたんだ。僕は手を引くはずだった。全部消してしまうつもりだったんだ。それなのに、橋立タイシが……あの男が……」

先生は堰を切ったように喋りだした。その声は震えていた。

「あの細菌ができたのは偶然だった……」

僕は先生が語るのを黙って聞いていた。

最初は「感染力の弱い病原菌」だったらしい。論文発表だけしたものの、使い途がないので処分しようとしていたら、アメリカの業界大手ダナン製薬から共同研究の申し出があった。資金難だった先生の研究室はその話に乗った。

研究は順調に進んだ。しかし、ダナン製薬が作らせたのは、感染力は弱いものの感染して発症すると致死率が90パーセント前後に達する細菌で、秘密裡の暗殺を目的とした生物兵器だった。弱点は人から人に感染する力がない弱い細菌ということ。感染させるためには、非常に高い温度が必要で、条件が整わないと直接接触しても感染しないケースもあるということだった。

ちょうど同じ時期に、兄さんが柿田川先生の研究室に顔を出すようになったらしい。

優秀な学生で理想に燃えていた兄さんを先生は完全に信用した。

「入試の日は、大学は人がいなくなる。その夜を狙って、僕は細菌とそれに関する資料すべてを学外に運び出して処分しようとしました。あんなものにもう関わりたくなかった」

「それで兄さんは……」

「僕は車の運転ができません。橋立タイシに運び出しの手伝いを頼みました。……だけど、彼は裏切って、細菌を持ち出した」

「ちょっと待ってください。兄さんが、そんなことするはずないでしょう」

「しかし、この状況は彼以外に考えられない。細菌を持ち出し、何らかの方法でばら撒（ま）いたんだ！」

先生は、少し取り乱しているようだった。さっき吸ったばかりなのに、もう1本タバコを取り出して、火を付けようとした。さっきより風が強くなったのか、ライターの火は煽られて何度も消えた。それでもやっと付いた炎は、先生の手の震えで小さく揺れていた。

同じように追い詰められていたとしても、兄さんだったらこんな風にはならないんだろうな、と僕は考えたりしていた。

「駅のコンコースで、火災があったのを覚えているでしょう？　中に人が閉じ込められた」

その事件なら当然記憶している。自分もちょうど居合わせたんだ。

「……あれは、彼です。細菌を人に感染させるために、あの状況を作った。駅を密閉空間にして、爆発物を仕掛け、火を起こして気温を上げ、感染に必要な条件を最適化させた。そして、細菌を撒いたんです」

「ちょっと先生――」

「発病しているのは全員、あの日にコンコースに閉じ込められた人たちなんですよ」

「え……？」

確かにそうだった。ナツキも、セリナちゃんも閉じ込められてはいたけど。

だからといって……。

「病院は感染した患者を集めていますが、当然、原因が細菌だと分かった時点で、警察やテロ対策室の連中も発生源の場所は特定済です。記者会見ではパニックを恐れて発表を控えましたが、いずれ細菌の出所が突き止められれば、私やお兄さんのことも分かるでしょう。細菌を撒いたバイオテロの犯人が一人の日本人の大学生なんて分かったら前代未聞です。もちろん細菌を作った私もただでは済まない」

だけど……。

「だって、兄さんはあの時、僕が駅で待ち合わせしているのを知ってましたよ？その場所に細菌を撒くわけないでしょう。もし本当にあのテロ事件に兄さんが関わっているとしたら、僕が駅に行こうとするのを止めるはずです」

「……君はお兄さんのことを知らない」

は……？

何言ってんだよ！

僕が、兄さんのことを知らない？

じゃあ、あんたは兄さんの何を知ってるって言うんだ！

怒鳴ってやりたかったが、辛うじて抑えた。

「橋立タイシは……君のお兄さんは……常軌を逸している」

先生は焦点の定まらない目を僕に向けた。「お願いです。彼を止めてください、彼はまだやる気です。細菌をまだ持っているんです。僕にはもう無理だ……」

止めるったって……。

崩れ落ちるように座り込んでしまった先生を、僕は冷静に見下ろしていた。

おかしい。

絶対おかしい。

そんなはずはない。

だいたい、兄さんが何のために細菌をばら撒くんだ。

動機がまったく分からない。

でも、これが事実なら、ナツキの病気の出発地点は、駅の事件の日だ。あの日、僕が彼女を駅に呼び出さなかったら――いや、それでは駄目だ。事件そのものを阻止しなければ、歴史はどこかで同じ形で収束する。

考えろ。考えるんだ。

「だけど、僕はもう、リセットをしたら……。でもナツキが……」

僕はうつむいて力なくひとりごとを言った。

柿田川先生が、嘆願するような顔をして僕を見た。

晴天の下、屋上に風が吹く。

僕の頭は壊れる寸前だ。リセットしたらした分だけ、確実に壊れていくのだろう。

その先にあるのは、虚無だ。

空白の毎日を過ごし、生きながらにして朽ち果てていく。

何を覚えることもなく、何を思い出すわけでもない、人の形をした器としてただそこに居続けるのだ。

恐ろしい。だけど、ナツキは――。

ナツキは死んでしまった。

僕の記憶の中のナツキは、いつも笑っていた。その笑顔は、友達としての僕に向けられたもので、本当はそれ以上のものを僕は欲しかったのだけれど。

それでも僕はナツキに笑っていてほしい。ナツキが生きていて、シュウがいて、彼らが幸せになるのなら、僕の命なんか安いものじゃないか。

あのホームで、僕は一度死んだ。

僕の人生でナツキを助けられるなら、それでいい。

両手に力を、腹に力を。空の上のほうに届けと思いながら、僕は叫んだ。

「マキちゃん！」

聞こえているんだろ？　そこにいるんだろ？

「僕の脳細胞のすべてを賭けてもかまわない！　僕はもう一度やり直したい！」

今度リセットしたら僕の脳は壊れるかもしれない。だけど、最後の力で人生を作り替えることはできるはずだ。

それで、構わない。

リセットボタンを取り出して、頭上に掲げる。

マキちゃん、忠告ありがとう。そしてリセットボタンを僕にくれてありがとう。

君がくれた力と、僕が持っている願いの力を、僕は大好きな友人のために使う。

僕は目を開く。上空を見る。指に力を込める。

――リセット。

世界がぶれる。大きな揺れ。視界に入る映像が、何重にも重なって見える。

「さあ、ラストゲームだよ」

どこからか聞こえたマキちゃんの声が、残響のように響いていた。

第6章 将来の夢は……何だっけ？

八扇駅の自動販売機の前で、僕はブラックコーヒーの缶を握っていた。

この瞬間、僕はどんなことを考えていたっけ。

思い出せないけれど、思い出す必要のないことは、本当に必要ではないことだ。

僕にはそういう確信があった。根拠はないけれど、ただ確信のみがあった。

根拠になる記憶なんかなくたって十分だ。確信があれば、僕は前に進むことができる。

ナツキはまだ来ていない。

ここから、世界は分岐する。

缶コーヒーの残りを、ぐっと飲み干した。

不思議と頭が冴えている。最後の輝きかもしれないが、これなら走り抜けられる。

僕には確信がある。

僕には目的がある。

後ろは見ない。前だけを見る。それなら、走り切れるという、自信があった。

ラストゲームのステージは、八扇駅だ。ナツキを事件から遠ざけるだけでは駄目だ。この事件そのものを起こさないようにしなくてはいけない。

それと兄さんが——本当に兄さんが原因なのかも確かめなければならない——細

菌をばら撒くのを阻止しなくては。もし兄さんが犯人なら真意を知りたい！

もし細菌のほんの一部でも、世の中に出てしまったら、回り回ってナツキが感染する可能性がないとは言いきれない。これまでのリセットでも、因果律の力は働いていたのだ。

僕は噴水のベンチに腰かけて、人の動きをじっと見る。人の波と呼べるほどではない。地方都市の平日なんて、こんなものだ。

僕は自分が持っている材料を、頭の中に浮かべてみた。

僕が持っているのは知識だけだ。これから起こるであろう、未来の知識。

犯人は何らかの方法で、駅の設備のコントロールを奪い取った。そしてコンコースを密閉空間に仕立て上げ、細菌をばら撒いた。

もし兄さんならどういう手段を使う？

僕は立ち上がった。

駅に併設された立体駐車場に向かう。地下1階、地上3階の駐車場だ。

もし普通の犯罪者だったら、逃げるための自動車は1階に停めておくだろう。そのほうが明らかに逃げやすい。だけど犯人が兄さんだと仮定して考えてみると、地下が怪しい。

薄暗い地下の駐車場の中でも、青いスポーツカーは一発で分かった。ナンバーも確認した。間違いない、兄さんの車だ。地上階に置いて、爆発で埃をかぶるのを嫌い、わざわざ地下に置いてあるんだ。

ここにいる理由——ここにいる必然性のない兄さんが、やはりここにいた。

犯人なのか。

複雑な思いだった。まだ直接会って話すまでは信じられない。

車に人の気配はなかった。駐車場そのものにも、人の気配がないのをいいことに、僕はスポーツカーに近付く。試しにドアを開けようとしてみたが、当然鍵がかかっている。トランクも同じだ。社内をのぞこうと思ったけれど、窓にシャドウがかかっていてよく見えない。後部座席に赤い筒状のものがかろうじて見えた。

兄さんが考えることを想像してみる。完璧な兄さんなら、どうするだろう。失敗した時のことを考えて、すべての細菌を持ち歩くことはしないはずだ。かといって、どこかに預けたりもしないだろう。一番安全なのは、この車の中だ。何せ、この車がここにあることを知っているのは、本人以外は僕だけなのだから。——ああ、柿田川先生も予想しているかもしれないな。でもあの先生は、自力では何もできなかった。それがリセット前の現実だ。

兄さんを探しに駐車場を離れて地上に出る。駅の周りを一周した。建物の形を把握するためだ。

駅は駅ビルになっている。1階がプラットホーム、2階が改札とコンコース、3階が吹き抜けになっていて4階まで続いているところもある。3階と4階の端のスペースは小さいショッピングフロアにもなっていて、3階の飲食店の窓からはコンコースが見下ろせるのが特徴になっている。事故を防ぐために、窓はどれもはめ殺しになっている。

駅ビルの空調は、4階の西側に設置されているのが外側から見えた。そこはちょっとした屋上のようになっている。外から見る限りは結構な面積があり隠れるにも適しているだろう。

僕は4階に行き、フロアの配置図を確認し、従業員専用のドアを見つけた。辺りの様子を見ながら中に入り、その空調が集結している屋上のドアを開けた。

外に出る。少し風が冷たい。左右を見て、あわてて頭を下げた。

誰かが――兄さんか――この場所に侵入しているんだ。

数メートル間隔で、室外機が設置され、排気口が上を向いている。下を配管が這ってはいるが、歩けないほどの密度ではない。周囲を見回しながら配管を跨いで進む。

室外機の向こうに、人の頭が動くのが見えた。

僕は息を殺して、ゆっくりと近付いていく。

その見覚えのある後ろ姿は、やっぱり兄さんだった。

何か作業に没頭しているのか、僕に気付いていないようだ。足元に大きなアルミトランクと、工具がいくつか転がっていた。

「兄さん……」

僕はいつものように、声をかけた。

兄さんは驚いて振り向き、僕の姿を認めると怪訝そうな表情をしたが、一瞬あとには普段通りの優しい笑顔で、「ユウトか」と言った。

兄さんは作業をやめて、僕のほうへ向き直った。

背後に、爆弾が見える。爆弾は四角い金属の柱が密集している隙間に仕掛けられていた。そこは空調ダクトの集まっているところだ。たぶんここで火災を起こすとダクトを伝って火が広がりやすいのだろう。

「……お前、何してるんだ？　こんなところで」

それは僕の台詞だよ兄さん。

「……いや、何か、迷っちゃって。待ち合わせしてたんだけどさ」

僕は頭を掻きながら、ヘラヘラ笑っていた。

　こんなマヌケな答しか出てこないなんて、僕の頭も海馬の萎縮で限界が来ているのか。いや、なんて答えるかなんてどうでもいい。とにかく喋り続けて、その間にどうするか考えなきゃ。

「まさか、兄さんがいるなんて、思わなかったよ。どうして？」

　僕は喋りながら、兄さんに近付いた。一歩、二歩と……。

「兄さん、ここで何をしているの？」

「……ユウト、先に1階に降りてなさい。俺も後から行くから」

　こんなことは初めてだ。兄さんが、狼狽（うろた）えている。僕の質問をはぐらかしたことなど一度もなかった、あの兄さんが。

「ここで何をしているの？」

　僕はさらに近寄っていく。

「……止まれユウト！」

　兄さんは僕が見たことのない顔で怒鳴った。いつでも冷静で、どんな問題でも不敵に笑って余裕でこなす兄さんだったのに。

「どうしちゃったの兄さん、一緒に帰ろう。僕と一緒に」

「ユウト……」

　いつの間にか僕は泣いていた。兄さんの前で泣きたくなんてなかったけれど、でも涙が溢れてどうしようもなかった。だって、あの兄さんが細菌を撒いた犯人だったなんて。兄さんがナツキの命を奪うようなひどいことをしたなんて。

「兄さん、お願いだから、もうやめよう……」

「ユウト、お前……」

僕は泣きながら、兄さんに縋るように近付いた。

涙は自然に出てきたけれど、僕はそれを利用してやろうと思った。

兄さんは、こんな泣き落としで自分の計画を考え直すような人間ではない。彼は常に完璧で、ここまで来るのに大変な労力と時間を使ってきたはずなんだ。その計画を、たかが自分の弟が泣いて縋った程度で止めたりするわけがない。

しかし今、兄さんは狼狽えている。完璧な彼の計画に紛れた、僕は予期しなかったノイズなんだ。兄さんの動揺につけ込んで、計画に不確定要素を撒き散らして、失敗させることができるのは僕だけなんだ。

でもどうすればいい？

頭に靄がかかったみたいだ。うまく考えがまとまらない。

どうすれば、兄さんを、爆発を、感染を、止められるんだろう……？

「僕は兄さんを止めに来たんだよ」

泣き落としを続ける。

もう少し頭が回ればマシな手を考えつくかもしれないのに。

僕は涙ながらに兄さんの前で膝をついてしまった。

「……ユウト、いったい何を聞いたんだい？」

兄さんの声は優しかった。僕はその声を聞いて、いつもの自分に戻ってしまいそうになる。兄さんを尊敬していた、兄さんを追いかけていた自分に。

僕は両手をついて、兄さんに頭を下げた。

「お願いです兄さん。細菌を撒くのをやめてください！」

兄さんがどういう反応をしたのかは見えない。

少しの沈黙の後、兄さんは言った。

「……もう、遅すぎるんだよユウト」

遅すぎる、か。

認めるんだね、兄さん。

僕も兄さんも、完璧な世界を目指していた。僕は兄さんが目指していたから、それを真似して目指しただけなのかもしれないけれど。

僕は完璧な世界を求めた結果、自分が消えることを望んだ。

兄さんは完璧な世界を求めた結果、自分以外が消えることを望むんだ。

僕と兄さんの、決定的な違い。導き出した結論の乖離（かいり）。

僕と兄さんの求める完璧な世界は、全然別のものだ。

僕はもう、兄さんの後を追うことはできないし、追いたいとも思わない。

僕は、ナツキが幸せになる世界を望むよ。

自分が消えて、僕の大好きな人と、大好きな友人が幸せになる世界を望むよ。

――さようなら、兄さん。

ドライバーが転がっている。爆弾をセットするのに使ったのだろう。

僕はそれを掴んで立ち上がり、兄さんに向けた。

「なんだそれは」

兄さんはまったく動じなかった。

「……僕は死ぬ覚悟でここに来たんだ。兄さんを止めるためなら、僕は刺し違えたっていいって思ってるんだ」

「ふふ……」

笑っている。不敵な笑みだった。

兄さんは一歩前へ出て、僕が構えるドライバーの先に体が触れるくらいのところへ立った。

「兄さん……」

「どうするんだユウト。これで、俺を刺すか？」

僕はドライバーを握った手に力を込めた。力を入れれば入れるほど手が震える。

「お前に、俺が刺せるのか？」

掌から、しずくが落ちるのではないかというほど汗が出ているような気がして、何度もドライバーを握り直した。力を入れて腕を前へ突き出せば、兄さんの体にドライバーが刺さるだろう。そうすれば爆弾も、細菌も、火事も、ナツキのことも皆、皆止められるかもしれないのに……。

僕はただドライバーを握りしめて、兄さんを睨みつけることしかできなかった。

「……自分を殺すことと、人を殺すことの間には、大きな隔たりがある」

「兄さんには、人を殺せるっていうの……？」

「物事を成し遂げるために必要なのは、信念だ。信念があれば、どんなことでも乗り越えられる」

兄さんはそう言うと、まるで僕のことなど目に入らないかのように背中を向け、スマートフォンを取り出し、画面を叩いた。

金属が鳴く音が聞こえた。建物のシャッターが下りている。

始まってしまった。もう、止められないのか。

「世界は完璧でなければならない」

そうだよ、兄さん。完璧で潔癖な世界を目指していたんじゃないか。

「完璧な世界のためには、不要な人間が多すぎる。完璧な世界のためには、整理が必要なんだ」

兄さんの目指す完璧で潔癖な世界って本当にこれでいいの？

「俺は世界を完璧にする！」

僕は兄さんに憧れて、兄さんのようになりたくて、今までやってきた。僕は僕なりの完璧で潔癖な世界を目指してきたつもりだった。でも、兄さんのようにはできなかった。それは兄さんがあまりに凄すぎて、完璧すぎたからだと思っていた。

でも違ったんだ……。

兄さんは狂っている。

それとも頭がいいから考えることが僕の理解を超えていて、狂人と見分けがつかないだけなのかもしれない。しかし少なくとも兄さんの目に映っている世界は、僕の見ている世界とは違う。

「世の中はな、ユウト。愚民共の想像のつかないところで創造されているんだ。俺が何をしようとしているのか、彼らにはまったく理解ができないだろう。だがいずれ分かる時が来る。愚民共はただ、その犠牲となればよい。そしてユウト、お前もその愚民の一人だ」

僕が……？

「お前のような愚かな弟がいるというだけで、俺の完璧で潔癖な世界にひびが入るようだった」

兄さんは、僕をそんな風に思っていたの……？

「俺はずっと、お前が鬱陶しくてしょうがなかったよ……。俺のようになる素養もないくせに俺の後を追い、邪魔ばかりしやがって。何か相談してくるかと思えば答の分かりきった愚問。恋愛だ？　くだらない。あまりにもくだらない。そんなものに気を取られるような愚民に、完璧な世界など造れるはずがない。……だから、その好きな女と一緒に、俺の臨床実験に体を提供する機会を与えてやる。お前らのようなゴミが役に立つのはそれくらいのものだ。完璧な世界を造るための、それがお前にできる最大の貢献だ」

「そのために……？」

僕の声は怒りで震えていた。「……そんなことのために、ナツキをあんなひどい目に？」

僕のことはいい。愚かなことは十分思い知らされたし、完璧で潔癖な世界を作るために脳をぶっ壊さなきゃいけないくらいの愚か者だよ。でも、ナツキを巻き込むのは許せない。ナツキを悪く言うのも許せない。

兄さんは僕に、心底蔑み切った視線を向けている。それは僕を哀れんでいるようにも見えたが、それは思い違いだ。彼の目に映っているのは弟ではなく、その辺を飛んでいるハエ程度なのだ。虫けらほどの存在としてしか僕を見ていない。虫を哀れんだりすることはあるだろうか。虫は虫だし、目の前をブンブン飛んでいたら鬱陶しいだけなのだ。

「この世には、選ばれなかった人間、そう、お前らのような愚民が多すぎるんだ。俺のようになりたい？　なれるわけないだろ？　俺は選ばれた人間なんだ。神に愛された人間なんだよ」

神に？

兄さんが神に？　愛されてるって？

僕は笑った。可笑しくて笑った。あまりにも可笑しくて、自分がここにいる目的を一瞬忘れるほどだった。

「何を笑う？」

兄さんからそう問われてもすぐには答えられないくらい、僕は笑い続けて、彼を苛（いら）つかせた。

「ユウト……」

兄さんは顔に憎悪の色を浮かべている。

兄さん、僕が憎い？　少しは僕が人間に見えてきたかい……？

僕は散々笑って、笑い疲れて咳き込んだ。

そして呼吸を整えて、兄さんを睨みつけた。

「……笑うよ。だって可笑しいもん。兄さん、神様と会ったこともないくせに何言ってんだよ」

「何だって？」

「兄さん神様がどんなんだか知らないだろ！　神様はなあ、きまぐれで残酷でいたずら好きでガキっぽくてコスプレ好きでちょっとだけ可愛いくて、兄さんが思ってるようなもんじゃ全然ねーんだよ！　神に愛されてる？　笑わせんなよ。神様に愛されてるのは僕だ！」

兄さんは一歩後ろに下がった。そしてスマホに指を載せた。

僕はドライバーを構えて、兄さんに向かって突進する。

あのスマートフォンだ。あれが爆弾を起爆するコントローラーになってるんだ。

握りしめていたドライバーを突き上げ、兄さんが仰け反って避けたところへもう一度、スマートフォンめがけて思いっきり振り下ろした。

ドライバーの先が兄さんのジャケットの袖をかすめる。

兄さんは僕から飛び退いて、スマートフォンを高く掲げて見せた。

「それ以上近付くな。爆発するぞ」

僕らは、爆弾のすぐ傍にいる。

「今ここで爆発なんてさせたら、兄さんだって吹っ飛ぶじゃないか！」

「爆弾が何個あるのか数えてみるか？」

スマホの画面に、兄さんの指が触れた。

下のほうからお腹に突き上げてくるような振動が伝わって来た。

ズン……。

「そんな強力なものじゃないさ。人を殺そうっていうんじゃない。ただ、ちょっと火事になって、菌を散布できる環境が整ってくれればそれでいいんだ」

兄さんの指が次々に画面を叩き、その都度振動が響いてきた。直後、空調の室外機から炎が吹き上がった。

……今ナツキを逃せば、彼女だけでも助けられるかもしれない。既に歴史の一部は引っかき回したんだ。ナツキだけが助かる世界を作れるかもしれない。でもそれは根本的な解決にはならない。細菌の散布そのものを止めないと意味がないんだ。

僕はリセットボタンを取り出して、兄さんの真似をして頭上高く掲げた。

「なんだそれは？　自爆スイッチか？」

兄さんは表情ひとつ変えずに、むしろ馬鹿にするような口ぶりで言う。

「悪いね。全部なかったことにさせてもらうんだ」

「これはさ、神様がくれたんだ。ボタンを押すと、時間がリセットされる。これで、兄さんの完璧な計画を台無しにしてあげるよ」

「何?」

兄さんは笑った。嘲笑だった。

「何をするかと思ったら馬鹿馬鹿しい。どうせお前にはもう、何もできないさ」

「兄さん、神様はいるんだ。僕らのことをずっと見てる。そして願いを叶えるフリをして、僕らの人生をちょっとだけ混乱させて楽しんでるんだ。でも分かったよ。僕は今、ここでリセットするためにこのボタンをもらったんだ。僕の人生を使って、ナツキを助けて、兄さんも救うよ」

「ユウト、お前に何ができると――」

僕は、兄さんがその言葉を全部言い終わらないうちにボタンを押した。

――リセット!


僕はもうリセットもうまくできなくなってきているのだろうか。

願いが弱いのかそれとも海馬が萎縮しているからか、狙った時間に飛べなくなっていた。巻き戻る時間も思ったよりずっと近い時間だ。

兄さんが地下駐車場に入ってくる前に行こうとしていたのに、辿り着いたのは屋上だった。それも今まさに兄さんが目の前でスマートフォンを叩いて爆弾を爆発させた、あのまっただ中だ。

何だよほんの数分しか戻ってないじゃないか――――!!

「そんな強力なものじゃないさ。人を殺そうっていうんじゃない。ただ、ちょっと火事になって、菌を散布――」

その話はさっきも聞いたよ！

「ごめん兄さん！　僕もう余裕ないんで！」

――リセット！

戻ったのは地下駐車場に車が停まって、兄さんが爆弾を仕掛けに行った後だった。

最初に来た時とほとんど同じ時間のようだが、それでも兄さんのいる屋上へ迷いなく行ける分、余裕ができるはずだった。なんとかしてあのスマートフォンを取り上げて、爆弾を止めることができないだろうか。

でももし、爆弾にタイマーでも付いていたら？　タイマーで爆発して火事になった時、やっぱり僕はナツキを助けることができないのでは？

僕は考えのまとまらないまま屋上へ走った。

最初に来た時、青い車が白いラインにピッタリと、几帳面に停まっている。

結局もう一度、僕は兄さんと屋上で対峙して、またしても爆発を止められないのだ。

――くそっ、リセットだ！


僕はまた地下駐車場まで戻った。

戻った瞬間、目眩がしてその場に倒れてしまった。

頭がくらくらする。

あれ、何で僕はここにいるんだ？

いやいやいや、僕は、ナツキを助けにきたんじゃないか。

どうやって？

考えれば考えるほど、兄さんの声が耳にこびりついて邪魔をする。

「ユウト、お前に何ができると――」

リセットする時の、兄さんの言葉がこだましていた。

何だってできるさ。リセットボタンがある限り、僕は無敵なんだから。

その時僕はふと、兄さんの言葉を反芻してみた。

そんな強力な――。人を殺そうっていう――。――火事になって、菌を散布できる環境が――。

兄さんは、菌を散布できる環境が整ってくれればそれでいい、と言った。

もしかして細菌は、爆弾とは別の何かによって散布されるのではないだろうか。でなければ、あんな言い方――。

ナツキを探すんだ。

そこにヒントがあるはずだ。ナツキは感染してしまった。火事の時に彼女がいた場所へ行けば、どうして感染したのか分かるかもしれない。

シャッターが閉まり始めた。

僕はシャッターをくぐって建物の中に入る。

中では閉じ込められた人たちが右往左往していた。

この後、爆発が来るんだ。

爆弾とは別に、細菌がどこかにあるとすれば、それは――。

僕はナツキに電話をした。ナツキはすぐに出て、

「どこにいるのー？　メールしたんだよー」

彼女はシャッターが閉まったことに気付いていないようだった。

「ナツキ、今どこにいるの？」

「今ねえ、２階の――」

その時、爆発が起こった。

スピーカーから爆発音と悲鳴が聞こえ、同時に振動が伝わってきた。

「ナツキ、今行く！　2階のどこにいるの！」

「何これ、なんか、火が噴き出してきてる！」

「ナツキ！」

電話が切れてしまった。

僕は走った。エスカレーターを駆け上がって、ナツキのところへ――！

2階はパニックになっていた。爆発の火がそこらじゅうで巻き上がっていて、煙もすごい。

「ナツキ！　どこだ！　ナツキ！」

喉が嗄れるまで叫び続けるが、中は大混乱のため声はほとんどかき消されていた。

思い出せ。ナツキは子供たちと一緒だったって言っていた。

20メートルほど先の、トイレの入口の一部が爆発した。爆発音に驚いた人々が、一斉にこっちへ走ってくる。

見ると向こうは3階まで吹き抜けになっていて、仮設のステージが組まれている。どこかで見たことのあるヒーローの名前がでかでかと看板に書かれ、ポスターが何枚も貼ってあった。

あの夏休みの日にナツキとシュウと観に行った、ヒーローたちだ。

そういえば、この前、駅でもやってたってナツキが言ってたっけ。

ナツキはたぶん、あの近くにいる。子供たちを助けに行ったんだ。

僕はステージへ走った。

仮設ステージの前にパイプ椅子が乱雑に散らばり、客席の向こう、壁の隅にうずくまっている子供たちと、その傍に――。

ナツキだ！

僕は一瞬で状況を把握した。子供の一人がトイレの前で尻餅をついている。ナツキはその子のところまで走り寄り、抱きあげた。

トイレからの出火は思いの外強かった。ナツキは壁沿いに置かれていた消火器を持ち上げた。

――あっ、消火器！

あの時ナツキは消火剤を真っ白になるほど被っていた。

もしその消火剤に、細菌が混ざっていたら？

その消火器は、小型でラベルには何も書かれていない。さっき車の中に見た赤い筒状のものとそっくりだ。

確信した。あの消火器は絶対偽物だ。

爆発物を使い火災を起こし、誰かが細菌入りの消火器を使って密閉空間の中に死の粉をばら撒く。感染力の弱いこの細菌の直接接触。この密閉空間の中に人が一定時間いれば、感染率は倍増する。

くそ、なんて手の込んだことを。

ナツキが消火器のピンに指をかけた。

駄目だ！　その消火器を使ってはいけない！

「ナツキ！　消火器を使うなぁ！」

ナツキが僕に気付いた。

「えっ？　ユウト？」

その時、3階で爆発が起き、僕と彼女の間に炎が降り注いだ。それは僕の目の前で客席のパイプ椅子を焼き、直後に上から火の付いた洋服が束になって落ちて来た。燃え上がった炎が、僕とナツキの間を、手を広げて通せんぼする。

煙は吹き抜けを煙突にして、勢いよく上がっていった。

10メートルほど先のナツキの顔を、炎越しに見ることができた。

「ナツキ！」

ナツキは周りを火に囲まれて泣きそうになっている。

「どうして！　どうして使っちゃいけないの！」

「とにかく駄目なんだ！」

「だから、どうして？」

「僕が助けに行くから！　待ってて！」

「そんなの無理だよー！」

こうしている間にも、ナツキと子供たちを囲んでいる炎が、じわじわと彼女たちの領域を狭めているのだ。

火は次第に大きくなって、周囲のあらゆるものを飲み込んでいった。

駄目だ、この火を今すぐ消すなんて、無理だ。

――これは、リセットするしか……。

僕はボタンに手をかける。

戻って、どうするんだ？　この状況に陥らないためには？

頭が回らなかった。

もしリセットして、さっきみたいに倒れたら？　朦朧（もうろう）として、考えることもままならなかったら？

そして、次のリセットで、僕が廃人になってしまったら……？

僕は頭を振って、火の海に向き合った。

やれるところまでやってみよう。とにかく考えるんだ。この炎の向こうにナツキが子供たちといる。この火さえ消して先へ進めれば、彼女を助けられるんだ。

消火器を使わずに、火を消す。どうやって？

水道？　そんなんじゃ間に合わない。

何か、どこかに——。

炎はまるで僕をあざ笑うかのように目の前で踊っている。それはやがてヒーローのポスターが貼ってあるステージ脇の看板に燃え移った。

ステージの周囲には、黒いホースがぐるりと這っている。ホースの先には黒いラッパのようなものが付いていた。

僕は、夏休みに見たヒーローショーを思い出した。

ヒーローが、白い煙を割って登場する。

白い煙。消える時に上に登らず、下に沈むように消えた。

もしかして、あの煙ってドライアイスじゃ……。

僕は黒いホースを辿る。ホースは舞台の前から横を通って、裏手にまで伸びていた。

ドライアイスって二酸化炭素だろ？　二酸化炭素を火に浴びせれば、酸素不足で火が消えるはずだよな？

僕は床を這うホースを、四つん這いになってどたどたと辿った。舞台の裏手にまで続くホースの先は……。

「……何だこれ？」

それは僕の胸の高さくらいまである、でかい緑色のボンベだった。側面に白い文字で、液化炭酸ガスと書いてある。

「ドライアイスじゃないのか……」

僕は落胆して肩を落とし掛かったけれど、次の瞬間自分で自分にツッコミを入れていた。

「いやいやいやちょっと待て！　むしろこれだろ！」

確かにドライアイスじゃなかったけど、炭酸ガスって二酸化炭素のことじゃないか。だとしたら、この煙で火が消えるはずじゃないか……！

迷っている時間はなかった。やるしか、他に手はないのだ。

僕はホースをまとめて、たぶん50キロくらいあるボンベを引きずって、燃え盛る炎と対峙した。

「ナツキー！　すぐに行くからな！」

言葉とは裏腹に僕の歩みはじれったいほどゆっくりだった。ボンベが重くて丸くて長くて、もう扱いづら過ぎて何度もバランスを失い、コケそうになった。それでもやっと炎の海へと辿り着き、ホースを構えた。

僕はホースの先に付いたラッパの、根元にある赤いボタンを押した。

するとラッパから白く太い煙が勢いよく、3階まで届くんじゃないかっていうくらいに高く吹き上がった。煙と一緒に飛び散るのは、液化炭酸ガスが気化する時にできる霜だ。

僕はそれを床へ向けた。

煙は床にぶつかって四方に広がり、どんどん火を飲み込んでいった。酸素を絶たれて窒息した炎が、小さくなって消えていく。

僕はラッパを振り回して、周囲の炎を沈めていった。炭酸入りのジュースを一気飲みした時のような、ツンと来る刺激臭が鼻腔（びこう）を刺す。

ホースを持って、先へと進んだ。客席に並べられていた燃えかけのパイプ椅子の残骸を踏み越えて、あっちこっちに向けて煙を吹き散らした。

手に持ったラッパの根元はキンキンに冷えて凍り、指に貼り付いてくる。

白い二酸化炭素の煙は床を先へと進んで、ナツキのいる場所へと続く道を作った。

周囲の温度が下がったからだろうか、煙の白色が濃くなって視界を覆う。

　僕は床の炎が大方消えたのを見ても、まだ煙を出すのを止めなかった。横へ向けたり、上へ向けたりして火がこっちに向かってこないように煙を出し続けた。

「ナツキ！」

　火は消えているはずだ。

「ナツキ！」

　もう一度呼んだ。

　白い煙をくぐって、ナツキが駆け寄ってきた。

「ユウト！」

　ナツキは消火器を持っていた。ピンに指をかけて、今にも使おうっていうくらいの勢いだった。

「駄目なんだよこれ！」

　僕は消火器を奪い取った。ナツキはぽかんとしている。

「ユウト、一体どこにいたの？」

「ナツキを迎えに来たんだよ。ひとまずあっちへ逃げよう。今はシャッターが閉まってて出られないけど、もうすぐ救助が来るから」

　僕はナツキと子供たちを、火の回っていないほうへと誘導した。

　子供たちの中に、病院にいた女の子がいた。この子も感染しないで済んだんだな……。

「よかったね、えーと……」

名前が出て来なかった。

女の子は不思議そうな顔で僕を見ていた。


それからしばらくただ耐えるだけの時間が続いた。

爆発は数回続き、ナツキも子供たちも消耗するのが分かった。

消火器は抱えて絶対離さない。

僕は知っている。この騒ぎはやがて収束する。

兄は内部で起きていることに手出しできない。モール側からコンコースの中を見て、消火器が使われなかったことに気付いたとしても、逃げることしかできない。


長い時間が過ぎ、ようやくシャッターが開けられた。

「ねえ、ユウト。どうして時間通りに来なかったの？」

「時間の前に待ち合わせ場所には行ったんだよ。でもちょっと、用事があってね」

「それなら連絡してくれればよかったのに」

「ごめん」

「それに、今日どうして呼び出したの？　あ、高校合格おめでとー」

「あ、うん。ナツキも、おめでとう」

「ありがとう！　……高校もまた一緒になるなんてね」

小学校から一緒であることを、ナツキも気にしていたんだということに、嬉しくなる気持ちをおさえられない。なんだろ、この感覚は。どうしてこんな気持ちが湧いてくるんだろう。

「残念だな。腐れ縁で」

「ユウトこそ、うんざりしてるでしょ」

「そうでもないさ」

うん、そんなことない。僕はナツキと同じ高校に行けることを、心の底では喜んでいたはずだ。……どうしてだっけ？

「で、今日の用事って何？」

「ええと……あれ？」

「あれ？　って、どうしたの」

どうしたんだろう。急に記憶が……僕はどうして、ナツキを呼び出したんだっけ。記憶がひどく曖昧で、どうして呼び出したのかすら思い出せない。

「何の用事だっけ。……まあいいか」

「よくないよー。呼び出しておいて」

「うん、そうなんだけどさ。用事があったような気がするんだけど、何の用事か思い出せない」

「それなら、きっと、大した用事じゃなかったのね」

「たぶんね」

思い出せないけれど、たぶんそうなんだろう。

……たぶん、そうなんだろう。

これでいいんだ。僕は確かに、救えたんだ。

何をって？……何だっけ。

ただとにかく、肩から大きな荷物が下りた気がした。

◆

僕の世界から光が消えた。輝きが消えた。そして、知性も消えた。

ただ、色彩だけは残っていた。まるでモノクロの神様の世界には招かれないとでも言われているみたいに。

日々という時間を消費していくだけの人生が始まった。

◆

僕とナツキとシュウは、揃って刈間高校に入学した。僕は帰宅部だけど、ナツキはバレー部でシュウは野球部。

このところの僕は、とりわけ耳鳴りがひどくなっていて、物を考えるということ全般が邪魔されているように感じていた。耳鼻科に行っても、いつ頃から耳鳴りがするのかと聞かれた時にちゃんと答えられる自信がないほど、僕の過去の記憶は消えていた。

いや、もちろん昨日の昼食のメニューを答えることくらいはできる。その一方で夕食のメニューが何だったのかを思い出せないこともあった。好きなものが出たということは思い出せても、自分が好きなメニューって、はて何だっけといった状態だ。

僕は新学期が始まってからも、何度か警察に呼ばれ、質問を受けた。

兄さんの大学の先生——柿田川准教授——から警察が話を聞いたところ、今回の事件に利用された細菌は温度変化に弱く、空気に触れただけで性質が変わりやすいので扱いが非常に難しいらしい。そこで密閉容器である消火器が絶好の保管場所となったのだろう、ということだった。

消火器の中には確かに感染力が弱いながらも致死症状を発生させる病原菌が混じっていた。コンコースからは他にも消化器が見つかり、数本使用されたが、感染した人は奇跡的にいなかった。コンコース内の温度がそんなに上がらなかったのが原因らしい。同じ消火器が、地下の駐車場に放置してあった兄さんの車の中からも見つかった。警察は僕も事件に関与しているのではないかと疑っているようだったが、僕は語れる記憶がろくにないのだから、説明のしようもない。

この細菌は、保管するのも感染させるのも大変な代物（しろもの）だったわけだ。

兄さんはあの後、行方（ゆくえ）をくらませている。警察は事件そのものが未然に防がれたということで、極秘裡に兄さんを追っているらしい。柿田川准教授は、ダナン製薬を巡る収賄事件が内部からのリークで公（おおやけ）になり、一時期テレビを騒がせていた。

高校生活は、僕の時間をどんどん消費していった。

部活禁止デーのある日、僕はナツキに掃除の手伝いを頼まれた。ナツキの分を手伝えばいいのかと思って安請け合いしてしまったけれど、実際は女子全員の手伝いだった。予想以上の重労働で、最後にはゴミ捨てまで付き合わされる始末だ。

ナツキと並んでゴミ箱を抱えて、グラウンドの隅にある焼却炉までゴミを捨てに行く途中のことだ。体育倉庫の中での不穏なやりとりを聞いてしまった。

「藤吉君は……彼女とか、いますか？」

「いない」

「それなら、私と付き合ってくださいっ！」

「……すまない」

「どうしてですか？」

「興味がないからだ」

「私……、そんなにつまらないですか？」

「いや、そういう意味ではない。色恋というものに、今は興味がない」

「そんな……」

　ナツキにせっつかれて倉庫から離れ、「シュウって本当に女心が分かってないよね」なんて言われてしまったものだから、つい、

「ナツキは男心が分かってないな」

　と反論してしまった。ナツキはむっとした顔をして、それから少し悲しそうな表情になった。やっぱり女心が分からないってのは、仕方がないことなんじゃないかと思う。こんなに、ころころ表情を変えられてしまっては、ね。

　次の日の夜になって、珍しくシュウから呼び出された。

「ナツキと交際することになった」

やはりシュウは男らしい。迷いも何もなく、僕に宣言した。

「いいんじゃない。ナツキなら」

「気にしないのか」

「なんだよ、ナツキと付き合うから僕と友達は続けられないってことじゃないだろ？」

「違う。ただお前……ナツキのこと気になってるだろ」

「うーん」

どうだっただろう。記憶が……記憶がない……。

確かにナツキは自分にとって特別な存在だとは思っている。どういう特別かというと、頭の中がぼんやりしてしまう。それはどうでもいいんじゃないかと、頭の中の奥のほう――たぶん海馬がある辺り――から、誰かの声がするような気がする。

「いいんじゃない。シュウなら」

僕は心底そう言った。

でも、なんかな。

右手をすーっと伸ばし、シュウの胸を軽くパンチ。

「やっぱりユウト、気にしているだろ」

「違うよ。でもなんか、さ」

ちょっと悔しいなって、思ったんだ。


中間テストが近付いてきたので、三人で勉強することになった。

と言っても、真面目に勉強しているのはシュウとナツキだけで、僕は図書館で授業とは何の関係もない本を借りて読んでばかりいた。

本はいい。僕の頭脳から日々消えさっていく記憶を、知識が補填してくれるような気分になる。古い記憶を捨てて、新しい知識を入れよう。脳の循環だ。

借りていた1冊を読み終えたので、カウンターに返しに行った。

「こんにちは」

「すいません、どこかで会いましたか？」

「ユウトはもう覚えていないのね」

「はあ」

ショートカットの司書さんは、僕の顔を観察するように言った。

「強く、願ってる？」

「僕のこと？」

「そう。強い、願い。ユウトは持ってた」

「願いか……」

司書さんとは不思議と自然な会話ができた。天使みたいな——あるいは神様みたいな人だと思った。

願いについて聞かれても、今は特に願うことはない。気が付けば、願いが全部叶ってしまっているようにも思う。

そうだとしたら、僕はなんて幸せなんだろう。

欲望がなくなってしまったのかもしれないけれど、欲望のない僕は、こんなに穏やかで平和な気持ちでいられるんだ。

「司書さんには、願い事があるんですか？」

「願いを聞くのが、好き、かな」

「願いなんかないほうがいいですよ。何も求めないほうが、平和に暮らしていけます。何かを願うから、願いが叶わない状態を苦しいと思うんです」

「誰も願わなかったら、神様はどうすればいいの？」

「どうしましょうね」

「そうね。次はもう少し、願う皆の生活の中に入ってみようかな」

「はあ」

神様みたいな司書さんは、僕から受け取った本を棚に戻しにいった。

僕の願いって何だろう。

あえて捻り出すのであれば、もし生まれ変わっても、この穏やかな気持ちに辿り着けますようにってことだろうか。

生まれ変わるなんて、僕は信じてないけどね。

自習室に戻ったら、シュウとナツキがキスをしていた。

いやいや、ノックもせずにドアを開けた僕が悪いんだけど。

二人はあわてて離れて、気まずそうな顔をしたので、僕は平然とした態度を維持しようとした。

「いいんじゃね」

ちょっと投げやりな言い方になったかもしれないけれど、本当にいいんじゃないかって思っていたんだ。だから言い直した。

「いいと思うよ。僕は、ナツキとシュウが幸せでいると、本当に嬉しい」

ナツキは恥ずかしそうにしていて。

シュウはわけもなく僕の背中を叩いたりして。

そんな自習室の暖かい空気が、僕はたまらなく愛おしくて。

ああ、幸せだなあ、幸せだなあ。

これ以上の幸せ、何を望むというのだろうなあ。

◆

ぼーっとしている時間が増えたというのは、本当なのだろう。

鈍くなった頭で考えていることは、この目の前の世界のことのようでもあるし、どこか遠い世界のことのようでもある。

現実と非現実との境目の区別がつかなくなっているのかもしれないが、非現実がどこにあるのかも分からない。もっとも、現実が目の前にあったとしても、それを本当に現実として認識できているのかすらも分からないけれど。

僕は銀行の前の階段に座って、街の照明を眺めていた。

何か目的があるのではない。気が付いたらここに座っていて、こんな時間になっていた。お腹が減った気もする。空腹という感覚が腹に居座っている気もする。空腹という感覚を示すシグナルが自律神経を刺激している気がする。

よく分からないや。

気が付いたらこんな時間というのも、少し違うかもしれない。

こんな僕でも、かつては完璧を目指していたみたいだ。完璧で潔癖な人生が送れると思っていた。あの頃どうやって生きていたかも、あの頃の完璧に生きたいという気持ちも、どちらも忘れてしまった。

こんな僕に、生きている意味はあるんだろうか。

駄目な人生だよなあというのは、自覚していると同時に、駄目であっても本人は全然苦しくない。

僕は幸せだ。満ち足りている。

マキちゃん、僕の人生、これでいいんじゃないのかな。

……マキちゃんって誰だっけ。

どうでもいいや。

リズムが、リズムが。

脳の奥から声がする。海馬の中から、先生が。

——ダメダメ、こんな人生。

海馬の中の声に導かれるように、僕は立ち上がった。

人の流れが新しくできはじめている。午前5時。始発の時間が近付いていた。

何人もの人が、じゃあね、またねと呼び合っている。笑っているくせに、どこか疲れた顔をしている。午前5時じゃあ、無理もないな。

ふらふらと、流れの中に確かに存在している、姿の見えない誰かの後をついていく。

駅ビルの改札を抜けて、プラットホームに出た。

ちょうど、始発の電車が入ってくるところだった。

起こった風が僕の背中を押した。そうだ、この風に身を任せればいい。

僕は吸い込まれるようにホームを蹴って、電車の正面に飛び込んだ。

今度は死ねるという、不思議な安堵感があった。

これが答と思ったけれど、どうなんだろうね？

◆

ジリリリリリリリリリッッッッ！

僕の目覚ましは電子式ではなく、金属のベルの音が鳴る。丸い時計で、上にふたつ、銀色のベルが付いている。

物理的かつ金属的な音というのは、心臓に悪いという人もいるかもしれないけれど、僕にはこの刺激が気持ちいい。

目覚めは最高だった。びっくりするくらいに、頭がすっきりしている。睡眠は何時間がいいんだっけ？　それにすっぽりと収まった時間に目覚めたのだろう。

ベッドの上で天井を確認し、体をごろりと横にした。

部屋のカーペットの上、参考書の山の隣に、小さな箱が斜めになったり垂直になったりしながら、浮いて、回転していた。

僕はベッドから這い出して、その箱を手に取った。手の中に収まる小さな箱で、ひとつの面には赤いボタンが付いている。

ボタンの付いた、箱。

僕はぽつりと言った。

「……何だっけ、これ」

僕がそうつぶやいた瞬間、脳に直接声が響いてきた。

――願うの？

誰？

どこから聞こえるんだ？

――願わないの？

何を？　願うって、何を？

声に聞き覚えがある気がする。

このボタンの付いた箱も、小さい頃にこれで遊んでいたのかもしれない、ぼんやりと覚えているような……。

その声は、僕の耳元で囁（ささや）くように言った。

「ゲームは終わらないよ?」

文庫版あとがき①

ボーカロイドV2初音ミクが発売されたのは、二〇〇七年です。それから九年がたちました。もしかすると読者の皆さんの中には、音楽を意識して聞くようになった時、既に「ボカロ曲」というのが当り前のように存在していた世代もいるのではないでしょうか。

ボカロ曲がなかった時代を知らない世代、ということになります。

初音ミク以前にも、コンピュータによる歌唱システムは存在していました。そもそも初音ミクはボーカロイドV2であり、V1であるMEIKOやKAITOは既に一部でそれなりの知名度がありました。また、ヤマハの製品としてPLG-100SGというハードウエアがありました。ヤマハのシンセサイザーに増設するプラグインボードで、歌詞とメロディを送り込んで歌わせることができました。更に遡れば一九八〇年代の8ビットパソコンの中には、歌ったり喋ったりする機能を持っているものもありました。

コンピュータが生まれた初期の頃から、コンピュータで音を鳴らす取り組みは行われていて、それと同時にコンピュータに喋らせたり歌わせたりする取り組みも行われてきました。それだけ人々は、コンピュータに歌わせたかったのだと思います。

——昔話ですね、ごめんなさい。

だけど初音ミクのおかげで、歌うことが「当り前になった」というのは、私のようにコンピュータの世界に長くいる人間にとっては、とても感慨深いものがあります。

面白いことに、自然科学分野の研究には流行というものがあって、ある時盛んに研究された分野が一時下火になり、しばらくしてまた盛り返すということがよくあります。しかし、下火になったからと言って研究成果がリセットされることはなく、蓄積されてやがて爆発する日を待っています。

だから私は人生をリセットしたくないんです。

苦しくても積み上げて積み上げて積み上げて、いつかどこかに手が届く。いつなのか、どこなのか分からないけれど、今は見えていない場所に、きっと手が届く。

だから続ける。だから倒れない。だから頑張る。

——綺麗事を言っているなあ。

いや、でもね。

みんながだーいすきな（大事なことなので、もう一回）みんながだーいすきな、ボカロコミュニティだってそうじゃないですか。

ＭＥＩＫＯがあってミクがあってＶ３があってＶ４があって、ＤＴＭ世代が復活したりプロのミュージシャンが取り組んでみたりして、色々なことがあって、色々な作家が出現し、色々な作品が発表され、九年たってみて今のコミュニティを支えている作り手と聞き手はと言えば、もはやボカロで育った世代です。

そうなんですよ、ボカロコミュニティって、そこで育った世代のアーティストを輩出するくらいには成熟しているのです。

じゃあこの先どうなるの？　ってことですよね。

ボカロコミュニティの主戦場であるニコニコ動画というのは、よくも悪くも閉じたコミュニティだと思います。単に会員にならないと動画が見れないというだけの制限なのに、ＹｏｕＴｕｂｅとは明らかに違った見られかた、使われかたをしています。

「井の中の蛙大海を知らず」ということわざがあります。このことわざは、なかなか微妙なものだなと思います。井の中の蛙をいきなり掴んで海に放り投げるのがよいことなのか、井戸の出口までジャンプできるくらい自力で訓練してから海に飛び込んだほうがいいのではないか、井戸の出口までジャンプできない蛙は大海を知らずに暮らしたほうが幸せなのではないか。

何が良いのかは人それぞれなので、ひとつの正しいやりかたなんてないとは思いますが。

私の感触では、いまのところニコニコ動画のある面での閉鎖性は、ジャンプする蛙たちを守る仕組みとして働いていると思いますし、そこからジャンプして出ていく蛙の踏台としても機能しているんじゃないかと思います。

そうやって、蛙を育てて蛙を海に送り出すという新陳代謝が行われているのであれば、大きな意味でのコミュニティが腐ることはないだろうと思います。

それでもあと何年かすると「ワシの若いことの初音ミクちゃんは」みたいなことを言い出す人が出てくるでしょうね。多分。

そうなったら何か別の新しいこと、やりましょうよ。

さて、今回の文庫化に際しては、本文の加筆修正などを行っていません。文章の流れなど、調整の範囲で直そうかと思ったのですが、ボカロ小説の歴史の中のスナップショットとして考えてもらえればいいかなと思い、そのままにしました。

ほらだって、次の新しいことのために、エネルギー使いたいじゃん？

二〇一六年一月吉日

木本雅彦

Comment
hatsuko

Comment

篁ふみ

文庫版発売おめでとうございます！

挿絵を担当させて頂きました、
篁ふみと申します。
あとがきページを頂いたので
今回はマキちゃんを描いてみました！
ありがとうございました！

文庫版あとがき②

このたびは文庫版発刊おめでとうございます、ありがとうございます！

早いもので「人生リセットボタン」を楽曲投稿してからもう4年ぐらい経つのですね。

当時の自分まで巻き戻ってリセット出来たらもっと上手くやれたかな、なんて今でも思ったり思わなかったりですが圧倒的に面倒くさそうなのでもういいです。

kemu

40mP の人気楽曲『トリノコシティ』をシャノがノベライズ!!

トリノコシティ

原作■40mP

著■シャノ

イラスト■456

願いの果てに、3人の女子高生たちは
異質な遊園地へ迷い込む――。

アナタはどうして生きているの?

好評発売中

Illustration by 456

定価：本体 1,200円（税別）

たおやかな恋でした――。

ある日、
中学二年生の水上悠治と河村智史は
夏休みの自由研究のために
天体観測をしようと公園へ行く。
そこで一人の少女・藤沢由希と
運命的な出会いを果たす。
三人はすぐに打ち解け
夏の想い出を作っていくのだが……。

サイハテ
小林オニキス

再生回数260万を超えるボカロの名曲がノベル化！
楽曲制作者・小林オニキスが自ら贈る
“人と人が想いと願いをつなぐ”物語

好評発売中!!

Illustration by pomodorosa
定価：本体 1,200 円（税別）

ワンダフル☆オポチュニティ！のじーざすＰが贈る
大人気ボカロ楽曲『リモコン』が衝撃のノベライズ!!

リモコン
Remote+Control

原作+じーざすP　著+石沢克宜　イラスト+グライダー

好評発売中!!

Illustration by グライダー
定価：本体1,200円（税別）

クリプトン・フューチャー・メディア公認

未来景イノセンス

原作◆koyori（電ポルP）

著◆石沢克宜

大空の上で、
僕らは小さな未来を描いた。

koyori（電ポルP）が贈る青春恋愛ファンタジー

人々が空に住むようになった未来の世界。
空中都市ホクトに住む中学生のシマは、幼い頃から
好意を持っているミドリと同じ高校を受験するも失敗してしまう。
楽しかった中学生活の終わり、好きな人や親友たちと離れ離れになる現実。
そのすべてから目をそらすシマだが、時間は無情にも過ぎ去っていく……。

好評発売中

Illustration by 六七質

定価：本体 1,200 円（税別）

●原案
KEMU VOXX
人気ボカロPのkemuを中心に結成されたクリエイト・ユニット。2011年11月に投稿された『人生リセットボタン』がユニットの処女作である。これまで投稿してきた楽曲の総再生数は1000万再生を超える。

●著者
木本雅彦(きもと　まさひこ)
小説家、ライトノベル作家。博士(理学)。インターネットに関する現役のITエンジニアでもある。また、ニコニコ動画にVOCALOID楽曲を発表したり、AmazonのKindle用オリジナル小説の自主出版を行うなど、幅広い活動を行っている。

●イラスト
hatsuko
イラストレーター。クールでスタイリッシュなキャラクター、衣装デザインが特徴。KEMU VOXX以外でも、CDジャケットやキャラクターデザイン、コラボなど幅広く活動している。

●挿絵
篁ふみ(たかむら　ふみ)
イラストレーター。柔らかさを含んだスタイリッシュでどことなく色気のあるイラストが特徴。小説の表紙や挿絵、ゲームのキャラクターデザインなどで活動している。

●編集・デザイン
スタジオ・ハードデラックス株式会社
編集／鴨野丈　渡邉千智　星亜梨沙　小俣元
デザイン／福井夕利子　鴨野丈　石本遊

●協力
石沢克宜

●プロデュース
伊丹祐喜（PHP 研究所）

本書は2013年7月にPHP研究所より刊行された。

VG文庫
人生リセットボタン

2016年　2月　19日　第1版第1刷発行

原　案　KEMU VOXX
著　者　木本雅彦
発行者　小林成彦
発行所　株式会社 PHP 研究所
東京本部　〒135-8137　江東区豊洲 5-6-52
エンターテインメント出版部　☎03-3520-9616（編集）
普及一部　☎03-3520-9630（販売）
京都本部　〒601-8411　京都市南区西九条北ノ内町 11
PHP INTERFACE　http://www.php.co.jp/
印刷所
製本所　共同印刷株式会社

©KEMU VOXX　2016 Printed in Japan
ISBN978-4-569-76529-7
※本書の無断複製（コピー・スキャン・デジタル化等）は著作権法で認められた場合を除き、禁じられています。また、本書を代行業者等に依頼してスキャンやデジタル化することは、いかなる場合でも認められておりません。
※落丁・乱丁本の場合は弊社制作管理部（☎03-3520-9626）へご連絡下さい。送料弊社負担にてお取り替えいたします。